故乡心语

——太平山寻踪探秘

金钢 魏海利 著

中国海洋大学出版社
·青岛·

图书在版编目（CIP）数据

故乡心语：太平山寻踪探秘 / 金钢，魏海利著.
—青岛：中国海洋大学出版社，2011.10（2016.11重印）
ISBN 978-7-81125-728-1

Ⅰ.①故… Ⅱ.①金… ②魏… Ⅲ.①散文集－中国
－当代 Ⅳ.①I267

中国版本图书馆CIP数据核字(2011)第156404号

出版发行 中国海洋大学出版社
社　　址 青岛市香港东路23号　　**邮政编码** 266071
出 版 人 杨立敏
网　　址 http://www.ouc-press.com
电子信箱 oucpress@sohu.com
订购电话 0532-82032573（传真）
责任编辑 邓志科　施　薇　　**电　　话** 0532-85901040
印　　制 青岛海蓝印刷有限责任公司
版　　次 2011年12月第1版
印　　次 2016年11月第2次印刷
成品尺寸 140mm × 203 mm
印　　张 6.375
字　　数 137千字
定　　价 36.00元

内容简介

位于浙江绍兴上虞市虞南山区的太平山，是一个文化底蕴深厚、自然风光优美的古老山村。

作者以太平山的历史、人文为主线，以太平山地理环境、山水田园为衬托，通过讲述家族中几代人的不同经历，追溯与太平山有关的历史事件和名人轶事，以情写景，借景抒情，揭示千年文化孕育的古村文明，描绘如诗如画的山水景色，展望古韵山乡的美好明天，抒发了作者对故乡的深厚情感，并希望以此唤起更多的人对古老山村的兴趣与探求。

寻踪探源

——时间与空间的链接

民间故事

——历史与人文的拾遗

山水神韵

——自然与生命的韵律

山乡夜话

——乡情与灵感的升华

序

故乡情怀在很多人的心中积淀，乡土文化也因而受到社会上越来越多人的关注，这种文化怀旧，表达了人们内心对故乡的深情，是一种进步的文化现象。本书作者金钢先生祖籍浙江省上虞市陈溪乡太平山村，他在太平山度过了美好的童年时光，后来在外求学、工作，尽管离乡四十余载，内心深处仍时时涌动着对故乡的深深眷恋，多年以后，他回到故乡，看到故乡的一景一物，触景生情，以满怀深情的笔触写下了本书。在洋溢作者乡情的字里行间，那种铭心的爱、深深的情，犹如春天里袭来的阵阵清风，带着泥土的芬芳，在内心掀起层层波澜；又像一首悠扬的夜曲，丝丝入怀，带来款款温情。

太平山位于浙江省上虞市虞南山区，地处四明山南麓。当我们走近作者笔下的世界，呈现在我们面前的是不同层次、不同视角的太平山：一个有着悠久历史的古老村落，一处远离喧嚣的世外桃源，一幅如诗如画的山水画卷。

文学作品的一个重要功能是发现美、歌颂美，而在作者笔下，太平山实在是美不胜收。太平山之美，洒落在山水秀谷，点缀于村落田野。天人合一的田间村舍，鬼斧神工的山水神韵，生机无限的破土春笋……接踵而至的绚丽图景，图文并茂的视觉感受，为你开启一幅全新的视觉空间。

太平山之美，美在人文情怀和古村文明。金钢先生通过对家族几代人命运的讲述，追溯与太平山有关的名人逸事，太平山的文化积淀、风土人情扑面而来。

太平山之美，美在丰富多彩的神话传说。于吉修道、棋盘岩遇仙、凤凰之殇、县太爷求雨等等，美丽动人的神话传说无不体现出太平山人民的智慧与创造力。

然而，作者并没有沉浸在美的陶醉之中，没有停留在对美的表现与颂扬上，他以更广远的视野探讨如何创造明天的美，从更深的层次思考如何传承与光大太平山精神文化，因此，保护和开发生态山村成为本书的一个独特视角，“学习婺源经验，启动太平山旅游开发”“关于资源利用的几点思考”“民间传统文艺的传承与发展”等，这些探索的火花和思想的灵感，无不映衬出游子的一颗赤诚之心。

《故乡心语——太平山寻踪探秘》讲述了一个个乡情故事，记载了一个游子与故乡的对话和对故乡文明的思考，散发着乡土气息，充满了人文关怀。她是一首歌，一曲动人心扉的故乡情歌，一曲散发乡土气息的田园牧歌，一曲踏着时代节拍奏响的希望之歌；她将唱出大山，传遍上虞，飘向海外！

上虞日报社长、总编辑 赵泰兴

2011.4.18

序言作者赵南兴简介

赵南兴，男，1964年12月生，浙江嵊州人，中共党员。

1985年7月，以优异的成绩毕业于浙江农业大学。历任上虞市委组织部办公室主任，统战部副部长，侨办主任，政研室、体改办、农办副主任，上虞市旅游局局长，上虞市旅游公司董事长。现任上虞日报社总编辑、社长。

任职期间，赵南兴撰写过有关上虞农业、工业和商贸旅游业方面的调研文章30余篇，其意见大多被相关部门采纳，为上虞旅游业的发展作出了积极努力，尤其是为上虞“四季仙果之旅”品牌的形成作出了贡献，受到各方好评。

目 录

民间故事——历史与人文的拾遗

山乡夜话——乡情与灵感的升华

引 言

太平山，承载着我不同时期的记忆，留存着我心灵中深深的感悟，是我情感的故乡和精神的圣地。多年来，我游历过国内很多地方，陶醉于迷人的风景，为祖国的壮丽山河备感自豪；也曾走出国门，到过 40多个国家的100多个城市，欣赏千姿百态的异域风光，领略绚丽多彩的都市奢华……然而，所有的这一切始终无法替代太平山在我心中的地位。

我的童年是在太平山度过的，从八岁离乡，至今已有四十多年。浪迹天涯的游子，内心深处时常涌动对故乡的眷恋。那一抹怀旧的情怀，那一份思乡的心情，总会在不经意间涌上心头。2007年春的一趟回乡之旅，与孩童时代的故地重逢，同分隔40多年的玩友叙旧，以情寻景，触景生情，稀释了我的思念，却浓缩了我的乡情。浓浓的乡情、深深的眷恋，促使

故乡情怀

着我命笔抒情、赞美山水，写下了《我的家乡太平山——故乡行》。2007年10月，我与妻又回到故乡太平山，到黄石潭溪谷探险，写下了《我的家乡太平山——黄石潭溪谷探险记》。2010年年初，受建设乌洞水库事迹的感染，《我的家乡太平山——南天湖》很快成稿。以上3篇文章，经上虞市达溪流域乡土旅游文化研究会王冠群秘书长推荐，先后发表于该会《达溪》期刊上。2010年8月4日，《上虞日报》刊登了我的《黄石潭溪谷探险记》，被有关网站竞相转载，引来跟帖无数，很多人开始动议黄石潭之行。8月28日，乡土研究会组织记者、驴友一行15人到黄石潭（龙潭坑）探险。此次活动获得连连好评，探险过程中拍摄的图片和录像在各报纸和网站上得到迅速传播，影响并带动了一批批跟进者，一时间掀起了一股太平山黄石潭（龙潭坑）探险热。

有感于文章所产生的积极影响，也为了寄托个人对太平山的深情，我觉得应该有一本有关太平山的书，以广阔的视角追溯太平山的古老文化、传递太平山的山水神韵。在家人和家乡亲朋的鼓励与支持下，我开始了写作。当完成资料搜集后，伴随着写作的深入，我不断地感受到太平山深厚的文化和历史底蕴，也发现了很多我一时难以寻找到答案的问题：

太平山古村落何时形成？

为什么太平山适宜养生？

黄石潭溪谷具有怎样的美学价值？

为什么会有众多名人雅士到访太平山？

太平山对《太平经》的形成产生了什么样的影响？

于吉墓葬在太平山的哪个位置？

“乌洞”有没有气场效应？

“暗涨水”是怎么一回事？

……

太平山种种未知的悬念将带给我们更多的惊喜。

太平山！这个古老而美丽的山村，你的世界里曾有过多少动人的故事；山水秀丽中又孕育了多少大自然的神奇，神秘而古老的村落里还有多少未曾破解的谜团，明天的太平山又将带给我们何等的期待？

寻踪探源

——时间与空间的链接

文化是历史的积淀。翻开厚重的历史长卷，太平山，历尽千年风雨涤荡，村落不变，古韵犹存。金鸡山下、溪流岸边，霞光映照下的古老村落，诉说着曾经的荣耀与历史的沧桑……

古老的太平山

我的故乡太平山，位于浙江省上虞市虞南山区，地处四明山南麓，是一个古老的山村。漫长的历史进程造就了这一独具特色的古村落。村落里有着许多名人雅士在此生活留下的历史踪迹，形成了古朴的民风民俗，留下诸多神奇的民间传说。自遥远的古代到19世纪末，一代又一代的太平山人，延续着封闭状态下的原生态生活，守护着这片古老而神秘的地方。

曾经有很长一段时间，我对太平山古村落的历史文化价值没有足够的认知；作为世世代代生活于此的太平山人，也说不出关于太平山的多少故事。2010年的清明节，我有幸结识了“上虞市达溪流域乡土旅游文化研究会”的王冠群秘书长。一提起太平山，这位老大哥便来了兴致，以学者的严谨态度，向我讲述着古村落遗产是一个有机的整体，一般包括民居、

村街路特写

王冠群秘书长

庙堂、村街、古树及村子周边环境等。讲完这些，他指着太平山的方向，话锋一转，语重心长地说："现在，太平山还留存有不少古村落遗产，那是祖宗留下的宝贝，是太平山古村文化的物质承载者，是一种不可再生的资源，有文化和审美价值，我们可要保护好啊！"听完这些，我被王秘书长的博学折服了，也被他对太平山的那份钟情深深感染了，对于太平山的认识也一下子得到了提高。

如果让风水先生评价太平山，那就更是不得了。记得有一年，我和妻在太平山遇到了一位风水大师，第一次听到了关于太平山的"风水学"。他说，太平山村落坐西朝东、背山面水，依托雄伟的金鸡山主体，右前侧为棋盘岩仙山，左前方是凤凰神山，前方"门前畈"平缓开阔，一条溪流自南向北从村前流过，整个村落以山水为依托，与自然相融合，是道家鼻祖、圣贤大师选中的风水宝地。我对他的这一番评价感到愕然，有几分不解，也有几分怀疑，却也勾起了我的浓厚兴趣。

我有个表哥叫金慎言，小时称他为"阿言哥"。他出身书香门第，教了大半辈子书。他对太平山所蕴涵的古老文化颇有研究，我经常向他讨教。一次他领着我在村里考察，并一路向我讲解。经他的一番解说，我对原来熟悉的太平山景物有了新的感悟。在村口，映入眼帘的是几株参天古树，古树下建有土地庙和观音堂。进了村，一条两米多宽、用拳头大的鹅卵石铺成的村街路，由北村口向南上行，自村中心穿过，一直延伸到村南头，似乎在向你默默诉说着古村落的历史沧桑。村落中的房屋紧密相邻，多为二层楼房，建设得较为紧凑，街巷狭窄。房屋构造具有鲜明的地域特色，典型的单元形式是三开间一庭院，建筑平面左右对称，中为厅堂，为待客之所；两侧厢房为卧室；楼梯在中厅后或左右两侧。

从村口观音堂拾级而上，阿言哥告诉我说，这里过去是金家新祠堂，前有荷花池、石牌坊，抗战时期被日本人烧毁了。再往前走，过庄园，到了金家老祠堂，阿言哥讲，祠堂是族人祭祖、议事的地方，有时也在此演戏。原来的老祠堂前有大厅，后有祖堂，十分气

古民居

古民居庭院

派。“民国”时期，金姓红白两事都要到祠堂里举行仪式。办红事时，新郎、新娘要先到祠堂拜祖先，再回到家里拜父母长辈，最后才能入洞房；办白事时，由子孙将先人灵牌送入祠堂，拜过祖先，再将灵牌放入指定位置。

村里人按宗姓聚集而居，各宗姓有自己的祠堂、牌坊和庄园。自“民国”起，村里既有保长，也有族长，保长不能主办宗法事务。宗姓范围内的值祭田亩和家庭纠纷等，都是请族长做主。

村里金姓人家占大多数，分布在村子的中部和南部；村北有一部分张姓人家，统称为张家。另外还有王姓、徐姓、姚姓等人家，但人数较少。据老辈讲，往上追溯多少代，各姓人家都在太平山这块土地上繁衍生息，但说不出最早的祖先是哪一位，也不知道他们是在什么时候从哪里来到太平山的。

古民居大门

村落弄堂

经查阅有关史料，最早的与太平山有关的人文历史，竟是一个千古流传的英雄故事。那是2500年前的春秋战国时代，吴王夫差伐越，越国败，越王勾践听从太平山方士计然之计，带其徒范蠡和西施、郑旦入吴为质，留下大夫文种、大将灵姑浮在陈溪、太平山区带领当地百姓和保留下来的几千兵将，奉行十年生息、十年休养的复国大计。他们与民同甘共苦，为越国保存了国脉。勾践复国伐吴时，灵将军率领十个儿子为先锋，攻陷姑苏，终于为国雪耻。这个改变了历史进程的英雄壮举就发生在虞南达溪，史书记载“十年生聚”“十年教训”的越国战略大后方就是陈溪。那么，能否证明为越国复国雪耻的英雄就是太平山的最早祖先呢？这不得而知。

在太平山还有一种传说：西汉末年，王莽篡位，一名刘姓将军逃出京城，四处避难，后逃亡到太平山定居下来，隐姓埋名，取原姓“劉”中的“金”为姓，从此一代代繁衍下来，但此说未经考证。

道家渊源

2010年秋天，我带着对古太平山的种种疑问和浓厚兴趣，第二次拜访了王冠群秘书长。王秘书长原是陈溪许朗岙村人，经常到太平山考察访问，是个太平山迷。通过他提供的线索，我了解了一些与太平山有关的深层次内容。

太平山[①]与道家文化的渊源很深。《上虞县志》记载："太平山，位于陈溪乡南端，相传为三国时（一说东汉末）道士于吉炼丹处，曾藏有秘籍《太平青录》。有炼丹石三：一方石广数丈，空起，下施支石；二圆石类釜臼，相传为于吉石室，今存。山下有太平溪。"

于吉

于吉（？–200年）是东汉末期的道士，琅琊（今山东胶南）人。《三国志·孙策传》注引《江表传》记载："时有道士琅琊于吉，先寓居东方，往来吴会，立精舍，烧香读道书，制作符

①古人对太平山的地域概念，包括上虞市南部山区与交界的余姚、嵊州市北部山区。

水以治病，吴会人多事之。”于吉后被孙策所杀。《太平经》又称《太平青录》、《太平清领书》，是道教早期重要的经典，经历从西汉末年到东汉顺帝时代的漫长酝酿，最后由于吉（又作“干吉”、“干室”）、宫崇等编纂，逐步发展成一部内容庞杂的“一百七十卷神书”。《太平经》虽出于众人之手，而于吉无疑是其重要的撰著者和传播者。

于吉是如何来到太平山的呢？那还得从于吉求医得奇书的故事说起。据史书记载，东汉末年，山东地方有个名叫于吉的人，因生疮癞而寻医求药，得到真传妙药奇书两卷。而后，

于吉在太平山

于吉携带经书南游吴越之地。在越东地方，有一座山，方圆一百三十余里，人称太平山，他被太平山山水清幽的仙境深深地吸引，遂入山修炼书中更深层次的道术。后觉得该经更能助人太平，就以山名为该书之名，称为《太平经》。在后人的传布下，该经大行于世。①

听了于吉的故事，我在查阅有关资料后，觉得《太平经》了不起，其中两点特别值得一提：

其一，《太平经》内容广博，既有对《道德经》某些思想的继承，也有对符咒术、养生术、神仙方术的探讨；既有旨在维护封建统治的安邦定国之略，亦有慷慨激昂反对剥削压迫的美好愿望。该经反对统治阶级聚敛财物，主张自食其力，并设计出了一个实行平等和平均主义原则的乌托邦社会。

其二，《太平经》继承《老子》关于“道生一，一生二，二生三，三生万物”的思想，汲取《周易》的阴阳之道和汉代流行的“元气”说，阐述宇宙万物的生成理论。该经认为宇宙万物源于“元气”，元气的聚散离合，则生成天地人和万物。特别是《太平经》所体现出来的和谐观，从“道法自然”出发，要求实现人与自然、人与人、人自我身心的和谐，从而实现对生命的超越。《太平经》认为，人的生命是神、气的结合，或精、气、神的结合；人的生命存在，为精、气、神统一的整体，使三者和谐一致即可得道成仙。《太平经》卷四十二《四行本末诀》说：“凡事人神者，皆受之于天气，天气者受之于元气。神者乘气而行，故人有气则有神，有神则

①参见本书“民间故事——于吉南游发现太平山”。

通泽将军灵姑浮

有气，神去则气绝，气亡则神去，故无神亦死，无气亦死。”因此，人要长寿，就要“爱气尊神重精”。

2010年初冬的一天，我第三次拜访王秘书长。刚一落座，王秘书长就迫不及待地向我宣讲起他的最新研究成果：“一千多年前的太平山，相当于现在的北大、清华呀！”我满脸疑惑，但他似乎并不在意我的不解，继续说道：“相传早在春秋时期，方士计然带徒弟范蠡、灵姑浮在太平山隐修、炼丹、弈棋，而后，东汉大儒梅福曾在此修身，于吉在棋盘岩建石屋炼丹并著《太平经》一书，齐梁间的杜京灿还曾在这里开馆聚徒授业。名道有魏伯阳、葛玄、葛洪、诸伯玉、顾欢、杜京灿等，名士如谢敷、谢灵运、王羲之等，先后慕名而至，在太平山上或炼丹布道，或退隐修炼，或游览作诗，或著书立说……”听到这里，我连连点头称是，心里感慨万分：太给力了，都是些“院士级”的大腕在太平山搞学术交流、教书育人呀！

魏伯阳文化研究会会长张崇达道长说，在中国道教文化史上是绕不开魏伯阳和于吉这两个人的，而这两个人都与上虞有关，都曾在太平山炼丹布道。魏伯阳系东汉著名炼丹家，南宋曾慥《道枢》卷三十四《参同契》下篇，又记有魏氏之事，云："魏翱，字伯阳，汉人，自号云牙子。""云牙子游于长白之山，而遇真人告以铅汞之理、龙虎之机焉，遂作书十有八章，言大道也。"魏伯阳生性好道，不肯仕宦，闲居养性；作《参同契》、《五相类》凡二卷。魏伯阳认为修丹与天地造化是同一个道理。认为万物的产生和变化都是"五行错王，相据以生"，是阴阳相须、彼此交媾使精气得以抒发的结果。《参同契》被称为"万古丹经王"。

陶弘景是继葛洪之后我国古代又一个有名的炼丹家和医药家。陶弘景小时候读过葛洪著的《神仙传》，受其影响，有了学仙养生的想法。37岁的时候（齐开帝永明十年，公元492年），他辞去官职，隐居句容（今江苏省）茅山，钻研学问，修道炼丹，并遍游名山、寻访仙药。陶弘景的侄子陶翊写的《华阳本启录》记载："齐永明庚午年（公元490），启假东引浙越，处处寻求灵异。至会稽大洪山，谒居士娄慧明；……太平山，谒居士杜京灿；至始宁晁（岐）山，谒法师钟义山。……并得真人遗迹十余卷，游历二百余日乃还。"

陶先生东游之后，与道家高人顾欢、杜京灿相会于太平山，谈玄论道。这一故事流传至今，成为了千古佳话。是夜，陶公叙说近年来云游所见，杜京灿触景生情，讲述了越国大将灵姑浮的忠烈事迹①。我在得知灵姑浮即是现今在陈溪大庙供奉的通泽大将军后，曾专程前往拜谒。

①详见本书"民间故事——通泽大将军"。

名士雅作[①]

自古以来，有许多文人墨客慕名前来太平山拜师会友、游山赏景。在这些人中间，有几日游的，也有几月游的，还有游玩一段时间后留恋太平山的山水隐居于此的。他们在太平山寄情山水，抒发感慨，写下了许多传世诗篇。

①本章节部分内容根据史料记载，有些未有正史考证。

孙绰

东晋文学家孙绰（314—371），太原中都（今山西平遥西北）人，家于会稽。孙绰的文采横绝一世。时有文士以绰为冠，王公大臣皆以得绰文为荣。朝中重臣名士如殷浩、桓温、庾亮等的墓志碑文，均出其手。任右军长史、永嘉太守时，在会稽住过相当长时间，与谢安、王羲之等皆为一时名流。有《游天台山赋》、《太平山铭〈志〉》等诗赋作品传世，其诗作行云流水、气贯长虹，令人回味：

太平山铭《志》

嵬峨①太平，峻逾华霍②。
秀岭樊缊③，奇峰挺崿④。
上干翠霞，下笼丹壑。
有士宴游，默往寄托。
肃形枯林，映心幽漠。
亦既觏止，涣焉融滞。
悬栋⑤翠微，飞宇云际，
重峦蹇产⑥，洄溪萦带⑦。
被以青松，洒以素籁。
流风伫⑧芳，翔云停霭⑨。

注释：

①嵬峩——亦作“嵬峨”。在此作高大雄伟讲。《文选·张衡 <西京赋>》：“疏龙首以抗殿，状嵬峩以岌嶪。”张铣注：“嵬峩、岌嶪，高壮貌。”

②华霍——指华山与霍山的并称。

③樊缊——樊：篱笆；引申字义为旁，边际。缊：乱；引申字义为饶，多。

④挺崿——耸立。挺：挺立。崿：山崖，“石崿悬峭”。

⑤悬栋——悬：悬挂，悬垂，悬吊。栋：房屋的脊檩，量词，指“房屋”。

⑥蹇产——在此形容高而盘曲。汉 东方朔《七谏·哀命》：“戏疾濑之素水兮，望

高山之蹇产。”

⑦萦带—— 环绕。 北魏 郦道元 《水经注 · 汾水》：“数十里间道险隘，水左右悉结，偏梁阁道，累石就路，萦带巖侧。”

⑧伫——久立，期待。

⑨停霭——云气集聚。

陶弘景

陶弘景

陶弘景（456—536），字通明，晚年号华阳隐居。丹阳秣陵（今南京）人，生于南朝宋孝武帝建三年，死于梁武帝大同二年，活了81岁，历经南朝的宋、齐、梁三个朝代，是继葛洪之后我国古代又一个有名的炼丹家和医药家。

日门馆地处太平山之东，菁山之北，为太平山之余脉。此馆原为褚伯玉[①]所遗，经杜京灿扩建而成。馆内广种奇花异木，枝繁叶茂；馆周青山叠翠、溪流环绕、竹林茂密、摇曳多姿；又日门馆中，书声琅琅。

日门馆讲习之所旧址，位于陈溪乡。院内两颗古柏已有一千多年树龄。

南齐武帝永明八年（490年）冬至，杜京灿、顾欢请陶弘景到日门馆过节。是夜月明星稀，蟾光荧荧。三人晏坐品茶。杜京灿久闻陶弘景诗书超凡。遂请他留墨，为馆舍添光，陶弘景欣然命笔。顷

①褚伯玉（394—479），钱塘人，杜京灿之师。

刻书成。不久，杜京灿寻得一方好石，遂请名匠把陶弘景所书刻于上，名“日门馆记”。

日门馆记

日门馆者，东霞启晖，开岩引烛，以为名也。先是吴郡[①]杜征君[②]，声高两代，德贯四区，教义宣流，播乎数郡，拓宇太平之东，结架菁山之北，爰以此处幽奇，别就基构，栖集有道，多历世年。

注释：

①吴郡——郡名。东汉永建四年（129年），原会稽郡的浙江（钱塘江）以西部分设吴郡。

②征君——对征士的尊称。《后汉书·黄宪传》：“友人劝其仕，宪亦不拒之，暂到京师而还，竟无所就。年四十八终，天下号曰征君。”文中“杜征君”指杜京灿。

孔稚圭

孔稚圭（447—501）是南朝齐骈文家、诗人，字德璋，会稽山阴（今浙江绍兴）人。刘宋时，曾任尚书殿中郎。齐武帝永明（483—493）年间，任御史中丞。据《隋书·经籍志》，孔稚圭有集10卷，现仅存文10多篇，诗四首，其中一首《游太平山》，短短四句五言，即把太平山的奇观异景刻画得淋漓尽致。

游太平山

石险天貌分①，
林交日容缺②。
阴涧落春荣③，
寒岩留夏雪④。

注释：

①仰观天宇，山势高峻，险石竦峙，险峻的山石把天空一分为二。

②平视林间，太阳光线疏条交映，有时见日。

③俯瞰涧阴，在山中幽涧背阴处，还留有晚谢的春花。

④仰瞻岩顶，在高峻的寒岩上，竟还存留着夏天的积雪。

孟郊

唐代诗人孟郊（751—814），字东野，湖州武康（今浙江德清）人，祖籍平昌（今山东临邑东北）。孟郊早年生活贫困，曾周游湖北、湖南、广西等地，无所遇合，屡试不第，46岁（一说45岁），始登进士第。现存诗歌500多首，以短篇的五言古诗最多，代表作有《游子吟》等。到越州（今浙江绍兴）旅游时，慕名至太平山，写有《送萧炼师入四明山》诗一首。

送萧炼师入四明山①

间于独鹤心，大于青松年。
迥出万物表，高居四明巅。
十寻直列峰，百尺倒泄泉。
绛雪②为我饭，白云为我田。
静言不话俗，灵踪③时步天。

注释：

①另有以《四明之太平山》为题。

②绛雪——炼丹家丹药名。《汉武帝内传》："其次药有丸丹、金液……元霜，绛雪。"

③灵踪——指僧道的足迹。

陆游

陆游（1125—1210），山阴（今浙江省绍兴市）人，字务观，号放翁，南宋文学家、书法家。隆兴初进士，曾为秦桧所忌，秦桧死，始为宁德主簿。宋孝宗即位，爱其才，任为枢密院编修，后知夔、严二州。少年时代，正当金兵南侵，饱尝忧患；中年历经戎马生涯；晚年退居家乡，壮志未酬，报国信念始终不渝。他一生写下了近万首诗词，风格清新、豪迈，是杰出的爱国诗人。

据“光绪《上虞县志》山川、乾溪”记载，陆游65岁时，第二次罢官回乡。在相隔20后，他又去了旧游之地上虞。有一次，他游完近郊的名胜后，又乘兴去虞南下管的太平山。太平山在下管乾溪流经之处（今陈溪乡），其形如伞，故又名“伞山”。陆游游了太平山和乾溪，留有七律《入太平山仙人处》一首，意蕴深厚，出神入化。

入太平山仙人处

南剑①归来席未温，南征浩荡信乾坤。
峰回内史②曾游地，竹暗仙人③旧隐村。
白发孤翁锄麦陇，茜裙小妇闯篱门。
行行莫动乡关念，身似浮萍岂有根。

注释：

①南剑——地名，现在是福建南平市，延平区一带，位于福建省北部，地处武夷山脉北段东南侧。因传说“干将莫邪”在此“双剑化龙”而得名剑州、剑津。后为与四川剑州区别，所以又名南剑州。

②内史——指东晋著名书法家王羲之（321－379，曾任内史）也到过此地。后来乾溪一带还散居着不少王姓的子孙。

③仙人——指太平山上有炼丹石，先后为三国吴道士于吉（山东琅琊人）、东晋著名医学家、炼丹家葛洪（284－364，江苏句容人）炼丹之所。

葛洪

葛洪（284—364或343）为东晋道教学者、著名炼丹家、医药学家。字稚川，自号抱朴子，汉族，晋丹阳郡句容（今江苏句容县）人。三国方士葛玄之侄孙，世称小仙翁。他曾受封为关内侯，后隐居罗浮山炼丹。著有《神仙传》、《抱朴子》、《肘后备急方》、《西京杂记》等。

《上虞达溪古诗文选》中收录了明朝徐子麟的一首诗，既描写了太平山的部分景色，也道出了葛洪在此修炼的场景，诗曰：

太平山畔对衰翁①，缥缈烟霞一言中。
十里翠屏时作供，四时佳气日相逢。
葛洪石上丹砂在，徐孺②门前碧水通。
南北不嫌宾主旧，朝朝篇下挹③薰④风。

注释：

①衰翁——老翁。宋 欧阳修《朝中措》词："行乐直须年少，樽前看取衰翁。"宋 陆游《晓出东城马上作》诗："晓出东城数帜红，蒙茸狐貉拥衰翁。

②徐孺——出自王勃的《滕王阁序》"徐孺下陈潘之榻"。徐孺，江西南昌人，东汉名士，在家种地而不肯做官。陈蕃，东汉重臣，名声显赫，为人骄狂，任豫章太守时不接来客。徐孺贤德，使陈蕃十分佩服，故陈蕃为他专门置一榻，只有徐孺子来的时候才给他用，平时挂在墙上。

③挹——凡以器斟酌于水谓之挹。《说文》：挹,抒也。从手,邑声。

④薰——一种香草，也泛指花草香。

“林下一人”之谜

2011年清明节我和妻回乡扫墓。其间，在乡亲们的引领下，我看到了早有耳闻的“林下一人”石碑。它被铺在屋边的一条阴沟上，石碑上面自右向左刻有苍劲有力的“林下”两个大字，右侧自上而下刻有的“勅封户部尚书郑三俊为”一行小字依稀可辨，而左侧是断裂边沿。显然，这只是石碑的一半。曾听王冠群老大哥讲起过此碑，很有历史价值。我问明工料费后，拿出500元请村里用水泥板把这半块石碑换下，保护起来。不久，当村民把这块石碑挖起来时，发现它的反面是“一人”两个大字，并看到了

“礼部主事徐观复赠”的落款。更令人欣喜的是，最近又在村中的一座小桥的涵洞里，竟意外地发现了石碑的另一半。

《上虞日报》记者陆军在王冠群秘书长的陪同下，赶到石碑的挖掘现场观看，并写文章报道了这一重要发现。经上虞市文史工作者考证，此石碑为“望牌”，就是旧时牌坊上镶嵌在中间的那块石碑，“望牌”上的“林下一人”确为明朝户部尚书郑三俊。据陈溪乡太平山村民讲，村里原来的确有一较大的牌坊，太平山的老年人小时候都见过，20世纪50年代被拆掉，用其石柱在北村口的溪上搭建了一座桥。现桥已废弃，但尚有大量的牌坊石料。说起这座牌坊，太平山的老人们无不扼腕叹息：“牌坊是多么好看啊，要是还在的话，太平山村名气也会大大提高！”

那么，牌坊中的“林下一人”郑三俊是何方人士？又为何在太平山为他建立牌坊？郑三俊与太平山有什么关系呢？

据《上虞日报》记者陆军报道，上虞市的文史工作者查阅《上虞县志》，但没有关于郑三俊的记载，查阅明史，对郑三俊终老之地也是失载，后来是在其他古籍中才了解到一些相关情况。

涵洞碑牌

郑三俊（1574–1659），直隶建德人（今安徽石台县）。官至户部尚书，为人端严清亮，多引荐贤士，为明末清初时期有影响的历史人物。

传说当年郑三俊年少求学时，路过金鸡窠，只听金鸡啼鸣，路边上石门大开，郑三俊好奇进洞察看，此时“轰隆”一声，石门关上。三俊暗自流泪，自言自语说“家中尚有寡母在堂，待安顿好后再来”，不想此时石门吱呀大开。郑三俊回家后向老母禀明此事，母亲深明大义，让三俊一定守信回去。郑三俊将家事稍作安排，即赶回金鸡窠。谁知石门紧闭，无论如何叫唤，一直不开。后来他在石门外发现一部“天书”，原来上天怜其孝心，让他苦读报国。郑三俊勤奋学习，万历二十六年（1598年）中进士。

没想到“林下一人”另一半在这儿找到了！

据考证，郑三俊到太平山隐居，源于当朝宦党魏忠贤的排挤。魏忠贤为明末宦官，北直隶肃宁（今属河北）人，出身于市井无赖，后为赌债所逼遂自阉入宫做太监。明熹宗即位后，它开始平步青云，拉开了中国历史上最昏暗的宦官专权的序幕，一时厂卫之毒流满天下，一大批不满魏忠贤的官员士子惨死狱中；一大批无耻之徒都先后依附于他，更有某些阿谀之臣到处为他修建生祠①，耗费民财数千万。他自称九千岁，排除

①生祠——旧时指为活人修建的祠堂。

竹林小径

异己，专断国政，以致人们“只知有忠贤，而不知有皇上”。天启初年（约1621年），魏忠贤想拉拢、引诱郑三俊为己心腹，特以户部侍郎相许，但遭到郑三俊的严词拒绝，并奏疏皇上，揭露魏忠贤之流的罪恶，自此深受魏忠贤排挤。1625年，郑三俊归隐太平山。

1627年，18岁的崇祯登基，打击惩治阉党，治魏忠贤十大罪状，逮捕法办。魏忠贤自觉末日已到，自缢而亡，其余党亦被彻底肃清。郑三俊出山，官拜户部尚书，兼管吏部事；后又任北刑部尚书，加太子少保①，崇祯15年（1642年）召为北吏部尚书，实为三部之首。当时，郑三俊深得崇祯皇帝信任并被委以重任，拥有宰相之权。

在外人看来，处于仕途顶峰的郑三俊似乎已入人生佳境，然而，这时的他已经厌倦了尘世的喧嚣与官场的险恶，回想起太平山的清俗静雅，感觉回到太平山、归隐大自然、寄情山水

①太子少保——是负责教导太子的官员。在周代官制中，设太师、太傅、太保，合称“三公”；又设少师、少傅、少保，合称“三孤”，为“三公”之副。当中的“少”即副也，是仅次于“公”高于“卿”的特殊官职。“师”“傅”“保”三者均含有辅佐和教导的双重意义。到了隋、唐之后，“太子六傅”已是名存职异，只作为赠官加衔的名号，约等于现在的“军衔”，并非实职。例如，宋代的岳飞、明代的于谦、袁可立等因军功标炳，亦曾加封过“太子少保”的荣衔。

景色、置身田园村舍才是他真正向往的人生归宿。1643年，郑三俊向皇上乞休养老。崇祯皇帝迟疑片刻，叹息道："满朝都称休官好，林下何曾见一人。爱卿是林下一人耶。"遂御笔挥就"林下一人"坊额[①]以示表彰。于是，郑三俊再次归隐太平山，直至85岁离世。同朝为官的礼部主事徐观复，因敬重郑三俊的为官为人之道，出资兴建"林下一人"牌坊相赠。

据说，郑三俊隐居太平山先后3次，时间总共达25年，身后的住所和牌坊历时300余年。他作为安徽石台人，对太平山却有着如此眷恋之情，直至终老太平山，其情其缘，其人其事，始终是民间探究的一个待解之谜。

①坊额——街巷门上的匾额。

梯田景观

梯田的产生有着悠久的历史。梯田广泛分布在我国许多省份，因地理气候条件的不同，有着各种不同的类型。像广西壮族自治区桂林市龙胜各族自治县的龙脊梯田，从山脚盘绕至山顶，“层层梯田绕山村，条条渠道涌山泉”，层层叠叠，高低错落、绵延起伏；山西大寨虎头山的梯田如一级级天梯，构成一幅横亘在天地间的巨幅风景画。与上述梯田不同，太平山的梯田有其自身的特点。一是地块小。梯田依循地势，每块田均被开垦得小巧玲珑，有“一件蓑衣盖一块田”“青蛙一跳三块田”之说。春天里，梯田灌水，农民犁田，一派生机盎然的田园景象。二是保护生态，林田共存。梯田大多分布在村子周围的矮岭低坡上，四周大山上则是茂密葱茏的生态密林。

梯田春色

太平山山高坡陡，从自

然条件来看，本身并不适合耕种农作物，勤劳智慧的先人却在这山岭沟壑间创造出了适宜耕种的梯田景观。从山上俯视，各种不规则的色块依层次分布，组成大小不同的空间单元；更有羊肠小径，蜿蜒在错落有致的梯田间，呈现出独特的视觉效果。

梯田是一种重要的农业文化遗产，它既是人们赖以生存的自然环境，又是生物的栖息地，体现了人与自然的和谐。白天，大人们去梯田劳作，孩子们会溜溜地跟在后面，也帮着干点活，多数时间则是玩耍，在田边的沟渠里、埂堰间，抓螃蟹、钓黄鳝，有时还在泥水里逮泥鳅，往往一次就能有半水桶的收获，让小孩儿兴味盎然、流连忘返。

太平山梯田

造纸厂和水碓厂

在我的印象里，“造纸厂”与“水碓厂”是太平山两个很像样的工厂，现在看不到了，心里总有一种失落感，于是经常向长辈请教，了解了不少有关“造纸厂”与“水碓厂”的资料。很久以前，太平山就有了民间工业的萌芽，出现了“造纸厂”与“水碓”。那时的造纸厂也是供产销一条龙，经造纸厂把山上的毛竹加工成土纸后，把土纸挑到外地卖掉，完成从原料到产品（商品）再到货币的产品制造及价值实现的过程。土纸一般用于祭祀和在灶间当火种。清朝年间，这种土纸的销量很大，伴随着旺盛的需求而兴起的老顶头厂、岛兴厂、鸿茂厂和桥下厂等6家纸厂沿着溪流从上到下分布，配有用于制作纸浆的水碓，每家纸厂有12名员工。到了我的爷爷、外公一辈，造纸厂依然兴旺。当时我外公金良运是开造纸厂的槽户，即造纸厂老板，而我

太平山造纸人金良
（1897–1985）

抄纸

的爷爷当时是造纸厂的工匠。那时，造纸厂的经营者已经有了商标意识，每家造纸厂都有自己的字号。外公家的造纸厂的字号叫“裕泰”，裕泰这两个字被作为厂牌用印章盖到每一块[①]纸上。在我小时候，还有一座荒废的纸厂，在村南头上面的溪边。那时我年纪太小，不明白造纸是怎么一回事，只是觉得很了不起。

说到造纸，人们都知道东汉蔡伦于公元105年利用破渔网、旧布、麻头和树皮制成了书写用纸，但是很少有人知道可以用毛竹来造纸。据史料记载，用毛竹造纸的技术是在唐代发

① “块”是当时纸的最小包装单位，每块35斤。

明的，太平山地区是从什么时候开始造纸的目前并无考证。太平山地区的造纸工艺分为沤竹、粉碎、抄纸、晒纸四道工序。沤竹是将从山上砍下来的幼毛竹浸泡在一个石灰池子里，直到沤泡腐烂为止。粉碎是把腐烂的毛竹捞出来之后，工人们把它们斩开，用水车带动下的缚石（即水碓）一次又一次地捶击，把已经沤烂的毛竹打成粉絮状，倒进水槽里，制成纸浆。抄纸是造纸的关键工序之一。在宋应星所著的《天工开物》中，古人总结出了“柔轻拍浪”“持帘迎浪而上”“抄浆着帘的一瞬间振动纸帘”三要素。抄纸工手持木框在纸浆槽中用力一舀，然后有节奏地左右轻摇，让水从框子上沥出，框子中间放着一片用细竹篾条编制的帘子，水沥干后，原本是黑色的帘子上染上了一层金黄色。工人们再小心翼翼地揭开帘子，一张湿润的纸便留在了案板上。晒纸是把一张张湿纸贴到一个有四五米长的一段梯形的白石灰墙上，民间称其为“鼻弄”，墙里烧着火，贴到上面的纸张焙干后会自动脱落。

水碓除了被用于造纸外，也是村民用来舂米的设备。太平山曾有上水、下水和桥下三处专门舂米的水碓厂。小时候，家门口的溪边上就有水碓，每次奶奶去舂米或舂年糕，我都要跟着去，只见那水流

水碓

冲着大水轮不停转动，其轮轴上的横梢，将一根架起的长木杠一端压下，另一端的缚石就抬起，一起一落，间隔进行。早在《晋书》中就对水碓进行了细致的描写：“今人造作水轮，轮轴长可数尺，列贯横木，相交如滚抢之制。水激轮转，则轴间横木，间打所排碓梢，一起一落舂之。”村里人根据水碓一起一落的特点编成了谜语，叫做“两兄弟拜天地，一个跌倒一个爬起”，既形象生动，又风趣幽默。水碓也是我自出生后看到的第一台机器，我常常看得入神，认为它是世界上最聪明的设计。水碓的构造和传动装置以动态的形象留在了我的脑海，曾引起我浓厚的兴趣和无限的遐想，这似乎与我后来成为机械加工车间的工人、国家机械进出口专业公司的总经理有着某种渊源。

随着时代的发展和技术的进步，原始的造纸厂与水碓厂早已成为古董。为了找寻童年的记忆，搜寻古老山村的历史痕迹，我曾经沿溪考察，却发现只是徒劳。作为古老山村发展进程中的一段历史，造纸厂与水碓厂体现了古村落的特色。它们的影像只存留在一些上了年纪的长辈的脑海中，它们的形状、结构和操作过程也只有在努力回忆后才能有所显现。若是几十年后，这样的记忆也许将会永远消失。如现在能按原样进行恢复，将可以为后代留下一份关于遥远的历史的记忆，也无愧于祖先，同时可以考虑将其作为富有知识性、观赏性的旅游项目进行开发。

曾经的苦难

从1840年鸦片战争爆发到1949年中华人民共和国成立前的中国，沦为半殖民地半封建社会。资本主义生产方式的入侵破坏了封建社会自给自足的生产方式，中国受到帝国主义势力的侵略和控制，人民生活在帝国主义、封建主义和官僚资本主义三座大山的重重压迫之下。

年代久远的泥墙屋

古老的太平山也历经磨难，村里的多数村民没有田，仅有一点点山地，主要靠租种下官[①]大地主的田，再加上造纸、烧炭、挑担、打短工等艰难度日。村里80岁的金国祥老人对当时的情形记忆犹新。他说，当时村民中流传着这样一句顺口溜："十九都人苦，吃的六谷糊，走的上岭路，蜡烛横放倒，柴子当棉袄。"他解释，那时老百姓的生活艰难，十个人有九个苦，吃的是稀薄的玉米糊，却要天天去爬山，缺衣少食，连蜡烛都买不起，用的是竹火把。

古老民居一角

我的先辈的命运，就是当时社会的一个缩影。

听我父亲讲，我爷爷的爷爷叫金培明，是个举人，应该说当时的生活还算过得去，但是到了我爷爷这一辈就不行了。我父

① 下官——离太平山20里外的一个小镇。

亲出生于1925年，那时是中国政治最黑暗的时期。当时家里只有一亩多旱地和几分水田，住在一间半已倾斜随时都有可能倒塌的平房里。祖父金意文是文盲，务农，有时在村里的造纸厂里做工。为了一家人活命，我祖母曾四次去上海在资本家的家里当保姆。这期间，我的三个姑姑和一个叔叔因缺乏照料而相继离世。祖母共生了五个孩子，最后存活的却只有我父亲一个。

父亲回忆说，1940年后，村民们的生活更加艰难，受敌伪顽（日军、伪军、国民党反动派的军队）的多重欺负和剥削，衣食无着。老百姓辛辛苦苦种的一点粮食也被他们抢去，经常有人饿死，谁家有薄粥维持一家性命，就算是不错的了。到了青黄不接的时候，大多数人家家中没有粮食，只好去挖野菜、草根来勉强活命，整天想的是肚子空的问题。当时曾有几个老大妈坐在一起，一个说："我家阿猫这件破棉袄补了又补，可今冬没法穿了，破不说，实在太短，穿上连裤腰都碰不上了，可哪有钱去买布？"又一个大妈说："现在别的什么也顾不上了，火烧眉毛的是嘴巴挂起来了。"1941年农历十二月三十夜，父亲家里人没有晚饭吃，每人吃个生红薯来过年。

讨田战役

金伯久老人讲述革命历史

金伯久老人是太平山德高望重的老革命，现已90岁了，依然身板硬朗，头脑清楚。他多次给我讲起太平山的革命历史：“1944年，浙东游击队驻在梁弄时，在村里发展了党员，建立了党组织和民兵组织，我就是在那时候加入的中国共产党。当时一共有5名同志入党，至今健在的只有我和金绥文同志了。”在抗日战争、解放战争时期，太平山先后有王国松、金荣超、金化吉、张勇、金仁苗、徐七斤、金鸿寿、金鸿裕、金国富、金京利、金成林共11名青年先后参加了新四军、解放军，踏上抗击日寇侵略，推翻反动统治的前线。其中，金京利、金国富和金成林三名同志在战场上英勇牺牲。

太平山的党员、民兵及广大群众在中国共产党的领导下进行的革命斗争，为百姓传颂，也被历史记载，其中，参加“讨田战役”是浓墨重彩的一页。

金伯久老人参加过著名的讨田战役，虽然时间过去了60多年，但当时的战斗场面还深深地印在他的脑海里。经过老人生动的讲述并查阅有关资料后，我初步了解了讨田战役的情况。那是在抗战胜利前夕，蒋介石密令顽军进一步向敌后抗日根据地“进剿”，限制根据地的扩大。盘踞在上虞下官、丁宅一带的田岫山部，向我抗日根据地大举进攻。这个田岫山，外号叫“田胡子”，河北文安县人，原国民党杂牌军三十师八十八团团长。他见利忘义、反复无常，多次投降日寇，并且生性残暴，嗜吃人心，是一个十恶不赦的汉奸。浙东区党委为了争取抗日战争的最后胜利，为民除害，决定发起讨田战役。1945年5月29日，讨田战役在姚北泗门打响，激战一天，围歼田部300余人。6月4日，攻克田部重要据点丁宅街，扫除了田部的外围据点。随后，我军采取了包围田部司令部上虞县城、主攻田部老巢许岙的战术。勇敢的太平山党员、民兵与陈家岙等村的民兵一起，在当地党组织的领

陈溪乡文化站赵坤山站长（左）向作者介绍太平山革命烈士英雄事迹

导下，积极配合我新四军浙东游击纵队（三五支队），竭尽全力支援讨田战役。太平山村的大部分民兵在队长金春江的组织带领下配合部队参加了主攻许岙的战斗，金伯久及部分民兵参加了围攻丰惠县城的战斗。他们每人携带一把剪刀、一把钩刀、两个手榴弹，配合三五支队作战，剪铁丝网，拆篱笆，炸碉堡，英勇顽强，还承担抬担架、做向导等支前工作。经过14个昼夜的艰苦奋战，歼灭了田岫山部1000余人。

抗战胜利后，新四军北撤，国民党反动派的军队回来了，金春江、金伯久等太平山的党员和民兵们在党组织领导下，继续坚持对敌斗争，负责与留守在四明山上的同志进行交通联络、传递情报的工作，并及时为他们送去盐和粮食。

访问采风照片（后排右一为作者）

山水神韵

——自然与生命的韵律

寻踪探秘

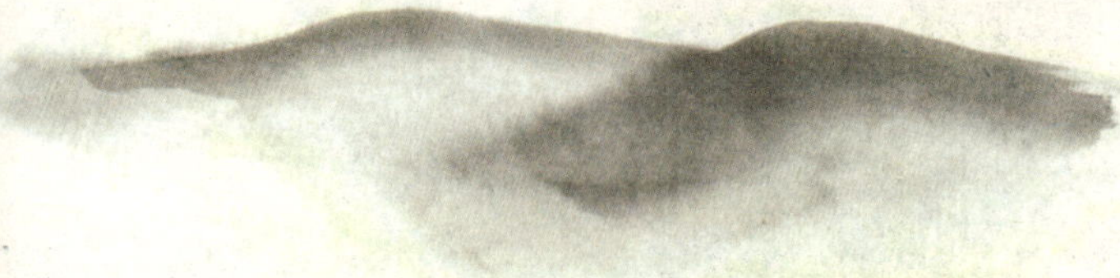

太平山，以优美的山野风光和清静的原生态环境见长，像一处远离喧嚣的世外桃源，一幅如诗如画的山水画卷。

太平山之美，点缀于村落田野，更洒落在秀峰奇岩、飞瀑流泉、鬼斧神工山水神韵，高山幽谷的人间天湖……接踵而至的绚丽图景，为你展示全新的视觉空间。

故乡情

我的童年是在太平山度过的，那里有我儿时美好的记忆，我热爱太平山，思念太平山。

回乡的路

五十多年前的我一岁半，父母把我从青岛送回太平山由我爷爷奶奶带养，八岁那年回到青岛。

谁能忘得了自己的童年呢？是的，童年非但没有远离我的记忆，还随着岁月的流逝越发真切起来。童年的欢乐、童年的梦想，是每个人一生的珍藏。太平山是我童年的天堂，是我深深眷恋的故土，每当我踏上回乡之路，心里总有一种发自内心的兴奋与期待。

每次回乡，抵达上虞，再从上虞市区出发，向东南方向行车十余里便进入了山区，沿一条蜿蜒的依山间小溪顺势修建的柏油公路逆流上行，过了下官镇，山势险峻，坡度加大，道路起伏曲折。到陈家岙口后，突然有两座大山阻断去路，远远望去似乎无路可走。

太平山从20世纪60年代后期通汽车后很长一段时间，公交车通到太平山的山门外就不再往前走了。这里也因此成了亲人离合，感情流淌的地方。印象最深的一次是1969年我和妹妹随母亲回太平山，九岁的弟弟随村里亲戚到岙口车站接我们。我刚下车，就见人群里蹿出一个小男孩“哥哥、哥哥”地一个劲地叫，欣喜之情溢于言表。我们3年没有见面了，他却能一眼认出来，我激动地一下拥了过去，兄弟之情顿时倾泻而出。很小的时候就知道这里是太平山的山门，右边一座叫金鸡山，左边的叫凤凰山。传说这是太平山的守护神，白天这两座山是开着的，但到了夜晚它们会自动合拢。

太平山山门口

汽车继续沿山边小路爬坡前行，当绕过一个“S”形山口后豁然开朗，眼前是一座淳朴清俗的山村，远处的山里，有苍翠葱郁的竹海，幽深清澈的山涧，千姿百态的瀑潭跌水。群山环抱的太平山村背靠高大雄伟的金鸡山，整个村子分布在由北向南、由低向高走向的一条狭长的山坳里，村子的对面有一大片比较平缓的开阔地带，被称为“门前畈”，那里大部分都是水田。我小时候那里只有两三户人家。

村街路

村街上的记忆

走过村口小桥，便是山村的主街道了，村里人叫它“大路”。这条路有两米多宽，用拳头大的鹅卵石铺成，由北向南，自村中穿过，一直延伸到村南头。小时候，我几乎天天在这条路上跑，可以说，它的每一个角落都已经深深地留在了我对童年的记忆里。走在这条街上，有一种凌峰先生的一段小诗所表述的感觉：

家乡的路在我长大后变窄了，

家乡的屋檐在我长大后变矮了，

乡音在我长大后变淡了，
乡情在我长大后变浓了。

在进村几十米处，是我小时候上过学的观音堂。观音堂背后是干溪，这里留下了我不少童年的记忆。观音堂旁边有一棵很大的白果树。第一次回乡到这里时，似乎一切都变小了，唯独这棵白果树看上去还是那样高大。站在树下，此时此地的情景，突然唤醒了早已在记忆里淡去的往事。上学时，我常到树下捡拾成熟后落到地上的白果，有时拿回家烤着吃；有时在白果核的一端磨出一个小口，把里面的果仁掏出来再做成哨子吹。走进观音堂院门，左边有一排三间南向小屋，记得一年级是在这里的其中一间屋子里上的。一开始学汉语拼音，由于老师和学生都不会说普通话，光是“啊—喔—鹅，衣—乌—迂”地跟老师一遍遍地读，大家似乎都不感兴趣，结果什么也没学会。还是课间的时候和同学一起到溪里抓鱼捉蟹好玩，感到其乐无穷。

观音堂

从观音堂再往前走，经过一个大弯道，很快就到了小时候村里唯一的一个商业网点——小店。我三四岁时，奶奶大多叫我去小店买油盐酱醋，大家都叫店主为老徐。他为人和气，笑呵呵的模样我现在还有印象。现在这个小店似乎还在，只是没有来得及进去问问开店人是不是老徐的后代。

我小时候生活的家在这条主街道的中上部，但现在这里已经盖起了一座新的三层楼房。我们原来住的老房子是一栋普通的两层楼农舍，平面的形状像一个“凹”字，北头一家是房主，中间凹进去的堂屋住着房主人的老母亲一人，南头一户就是我们家，是父亲1958年为爷爷、奶奶买下的。房子是东向的，从房子的后门上四五级台阶，就是村的主街道——大路。街道路面要比我家后门口高出一米多，靠后门口一侧的大路边上，排着一块块有些圆滑的大石头，既可以防止行人跌入屋后的沟里，又可以当椅凳为路人们所用。大石头后面我家房屋的白墙上，画着武松打虎的壁画。

与40多年前的玩友叙旧

我还隐隐有一点印象，记事后与父母第一次见面就在这里。在我一岁半时，父母把我从青岛送回了太平山，而我的感觉是一直就在太平山。记得在我三四岁的时候，有一天突然有人喊“金钢的爸爸妈妈回来

寄托乡情的太平山溪石

了”，于是我和奶奶立即从后门来到大路上。奶奶指着一男一女两个陌生人对我说：“这是你爸爸妈妈呀，快叫！”我却只是看着爸爸、妈妈，并没有叫。

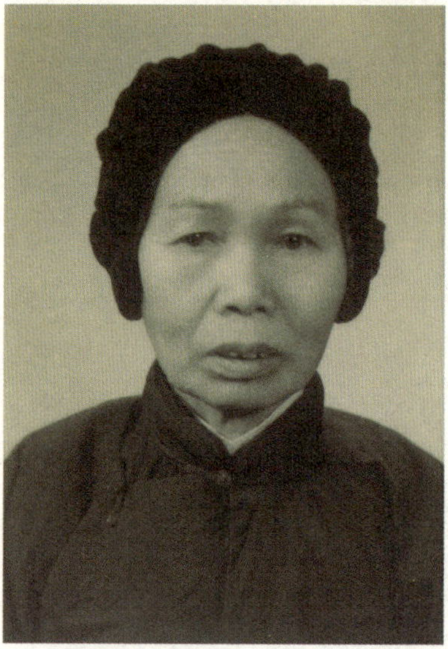

作者的奶奶王雅
（1900–1970）

我常在这大石头路边玩耍，常常有大人们坐在路边说话。妇人的家常话，我们不爱听，但如果是男人们从外面回来或是从山上下来，说新鲜事讲故事的时候，我们就会凑过去。特别是夏日的夜晚，大石头上坐满了劳累一天的人们，各自述说着不同的新闻，热闹非凡，构成了山村夏夜的独特风景。我自然是这里的常客，常常坐在路边大石头上，有时望着天上的繁星，猜着奶奶给出的一个又一个谜语；有时津津有味地听奶奶讲民间传说故事，带给我无限遐想……我的表哥阿言，比我大十多岁，当时在村里是很有文化涵养的人了。他很喜欢我，于是我老缠着他，要他给我讲故事。也是在这里，阿言哥给我讲了《三国演义》《水浒传》《西游记》中的一些故事，在我幼小的心田里，播下了爱好文学的种子。

从北门出来往上（南）走，去外公、舅舅家；向下（北）是去传敖阿伯、凤仙姑姑家的路，也是上学、去小店买东西的路。外公家是我小时候经常去的地方。长辈们对我很好，我和舅舅家的同辈们玩得也很开心。但有一次，忘了为什么，我和大舅舅家的表弟打了起来。扭打中我一把把他推下了大门口的石桥，他掉进了桥下的水沟里，可能摔得不轻，表弟在沟里哇哇大哭。我知道这下闯祸了，掉头就往家里跑，此后有好长一段时间都不敢去外公家了。

门前畈往事

从家的前门出去下十几级台阶，走五十米左右就到了溪滩，走过跨溪桥，就是门前畈。在这座水泥桥上，曾经发生过一件让我感到十分后怕和自责的事情。当时我七八岁，弟弟三四岁。一天傍晚，我在桥下溪里玩，这时一个村里人肩上扛着犁，赶着一头强健的公牛从门前畈耕地回来经过桥上，

去门前畈的跨溪桥

而这时弟弟正好站在村子这边的桥头，挡住了牛的去路。就在赶牛人上前牵牛并高喊“让开”的时候，我在桥下抬头看到了惊人的一幕：那头牛不紧不慢地用牛角一挑，我弟弟就从四五米高的桥上跌落下来，幸好桥头下面是一块很小的菜地，弟弟正好落到上面，如稍有偏差，摔到旁边的石头上，后果将不堪设想。奶奶吓坏了，把弟弟从头到脚摸了好几遍，竟然毫发无损。村里人知道后说弟弟的命大。弟弟虽然没受伤，可我的心里感到是当哥哥的没有尽到看管的责任。

在我的记忆里，门前畈始终是一幅美丽的图画。记得小时候我睡觉在楼上，每天早晨起床时，奶奶早已把木板做的窗户打开了，外面的光亮从窗口透进来，我揉着睡眼趴在窗口，门前畈和

村外风光

远近起伏的山峦尽收眼底。青山碧溪交相辉映，把田园村舍镶嵌得格外美。在田地里，在山冈上，到处都有劳动者的身影，洋溢着人与自然的和谐共处的气息。有的在近处的水田里插秧，有的在稍远点的山坡上刨地，有的则挑着两个大粪桶行走在窄窄的田埂路上，有时还可以看到远远的山路上赶着羊群的牧童。不时，还会有一阵阵时高时低劳作时的吆喝声从远处飘过来。印象最深的是门前畈前方的一座不高的小山，山上有五棵非常挺拔且形状很美的大松树，常常吸引着我久久地凝视。现在想来，是它的坚忍和气度吸引了我。遗憾的是后来不知什么时候变成了三棵；再后来，1970年我们回来的时候，一棵也没有了。家里分的自留地、自留山就在门前畈上面的山坡上。我很喜欢跟着奶奶去山上种地。最令人兴奋的是春天的时候，奶奶带我刨毛竹山里的竹笋。奶奶很有经验，只要地上有一条很细微的裂缝，就知道下面有竹笋；一锄头下去，一眼看到嫩黄的笋芽芽，我顿时会兴奋得雀跃起来……

村里的乡情让我眷恋，而村子四周的大山更令我神往。

小时候，上山不多，但大山的俊美灵秀却留在了我幼小的心灵里。太平山以茂林修竹、秀峰奇岩、飞瀑流泉、幽境静地为特色，以优美的山野风光和清静的生态环境见长。浙江省林学院和陈溪乡人民政府编制的《上虞太平山生态休闲区总体规划》对此有一段令人陶醉的文字：

太平山森林植被丰富，生机盎然，清新优美。成片的毛竹林，构成了竹海碧波的绿色世界。秀丽的山体上成片的毛竹林依势生长，满目苍翠。微风吹过，绿波荡漾。远观竹林，浩瀚的竹海全景，一望无际，与天连接，起伏分层，一片葱郁，尽收眼底。走进林间，置身于浩瀚的林海，领略竹径通幽之清凉，感受绿意盎然的迷人环境。

太平山相对高差大，雨水充沛，雨水经茂密山林的过滤，从岩穴石缝流淌出来，汇入山涧溪流，水质清澈。溪水源头——南天湖集雨面积达0.39平方千米（绝大部分在余姚市境内）。陡峭的地势造就了众多瀑布深潭、幽谷清流等水体景观。

美哉，太平山！我感怀她的养育之恩，我渴望走近她，拥抱她，融入她！

龙潭坑溪谷探险记①

回到太平山，除探亲访友，就是到小时候玩耍过的地方去，旧地重游是人生的一大乐事。后来游走得差不多了，又想去小时候听说过但没有去过的地方。

2007年10月，我与妻又回到故乡太平山，决定去龙潭坑溪谷探险，圆我很久以来的一个梦。

我小时候到鞍骑岗砍柴时，大人告诉我说下面就是龙潭坑。我记得从上看下去，是一道直落下去的大深谷。狭长的山涧里竹木杂生，阴雾缭绕，看不到底，从涧底传出隐隐水声，

①作者原先文章依据陈溪乡政府编写的《上虞市陈溪乡旅游发展总体规划及重点地块控制性详细规划》，使用“黄石潭”，而村里多习惯叫“龙潭坑”。故在此改用“龙潭坑溪谷”。

偶尔几声回荡在山谷间的兽声会使人顿感毛骨悚然，人要是掉到这般深谷，恐怕就是叫天天不应，叫地地不灵了。这种掺杂几分恐惧的好奇至今没有在我心里淡去。黄石潭溪谷对于太平山人而言，仍是个神秘莫测的地方，据说村里90%的人都没有去过。力根舅舅70岁了，他说爬了一辈子太平山，就是没有去过龙潭坑。

走进龙潭坑

传敖阿伯去过，他一定要给我们带路，一同去的还有堂妹爱娟、堂弟小刚和寿刚。

龙潭坑溪谷是太平山最大的一支溪流，她从村南面的高

狮子岩

龙潭坑外口

小心翼翼

开路先锋

路在洞中

艰难攀登

山上沿山谷蜿蜒而下，在山脚下汇入几条支流后，从村前缓缓流过。

我们一行6人于10月4日上午8点半从村东南溪口出发，缘溪上行。秋天少雨，却见溪水源源不断。陡峭处，水流湍急、气势磅礴；平缓处，幽谷清流，细流飘洒。当天风和日丽，溪两边山涧林木繁茂，翠竹幽幽。大家兴致高涨，欢声笑语不断。上行二三百米后，溪两边的山变高变陡，天变窄了，而路也越发难走了。

百米九折淌

其实，我们多数是在溪滩里“摸着石头过河”，揪着山崖上的枝条攀爬，并没有路。阿伯抡锄挥刀，披荆斩棘，为我们清障开路，有时还要在前面搬石搭桥。我和妻跟在后面绷紧神经、小心翼翼，几次脱鞋涉水，两次面对瀑布，只好从一侧的崖

大瀑布现七彩光环

壁上攀绳而上。还有一次，一堵十几米高的瀑布墙挡在我们面前，左右两边都是峭壁，实在找不到路，迟疑半小时后，最后在一个灌木密布的80度陡坡上，硬是用锄头、勾刀开出一条通道，借助绳索攀到山上，又下到瀑布壁上方的溪坑，十分惊险刺激。

三叠流泉

没路的地方美景层出不穷：

九龙瀑—汇龙潭，也叫二潭口，位于龙潭坑坑口240米处，瀑宽8米，落差8米，水流沿岩面分成数条，似九条水龙奔腾而下。瀑下有一潭曰汇龙潭，约数十平方米，深5米，潭水清澈见底。

龙潭坑瀑布

百米九折淌，位于龙潭坑溪谷中段，水流蜿蜒曲折而下，长达百米。周边竹林绿意衬托溪水流淌之声，西边有一大岩石是天然的观景台。

龙门瀑

三叠流泉。龙门瀑向南400米，每叠10米，等距离，等落差，潺潺清泉顺势流淌，实在是神工鬼斧的神奇布局，山水韵律的美妙节奏。

龙门瀑—龙门壁，位于九龙瀑南140米。瀑布宽2米，落差6米，两边有岩石壁立，形似一天然石门，瀑水从石门中奔涌而出。龙门壁，龙门瀑边有一天然石

山崖

峭壁

壁，岩壁高30米，在崖壁上横生杂木的掩映下，傲然挺拔，独显气势。

一路上，较大的瀑、潭竟有七八处之多。她是山、石、水的美妙组合，与树、竹、草相得益彰，是生灵与自然的和谐共生。

走在一百多米深的峡谷低端，有一种别样的感受，两边几乎是垂直的峭壁，顽强的灌木争相从山崖上探出头来，绿色中透出几点浅黄的秋意。由于林竹茂密，只有几缕细细的阳光射下来，加上瀑布溅起的水雾，幽暗的深谷里有时会出现一个个五彩的光环。如诗一样的韵律，如画一般的美景，人在其中，如梦幻，如仙境，似清醒，似陶醉，尘世凡心被消融，人间烦恼丢九霄，飘飘然恍如隔世……

一行到下午1点，已是筋疲力尽，阿伯说到南天湖还有一个多小时路程，很想上去看看，但实在是心有余而力不足了，只好留待下次。大家坐在溪边休息时，阿伯指着溪中间的一片林木说，那是野生猕猴桃树，我过去摘几个给你们尝尝。说着，阿伯起身到猕猴桃树下攀树摘果。我们几个人一看真有果子，便都依次

龙潭坑瀑布

竹叶青蛇

穿越树丛的空隙前行，寿江在前面接应。等我们几个都通过后，寿江才如释重负地指着前方说：“你们看！”顺着他手指的方向，看到一条一米多长的蛇盘在树丛里，浑身呈鲜绿色，一双血红色的眼睛紧盯着我们。妻子一下子紧紧地掐住了我的胳膊，我的心也被揪了起来。刚才我们通过时，距离这条蛇的距离只有一两米远。从未见过这么漂亮的蛇，寿江说像是竹叶青[①]，我知道竹叶青有剧毒，这下心里更后怕了。谢天谢地的是，我们刚才走过时，没有打搅到它。待心魂稍定，便开始返程。我们是沿上横路的竹林小径向西，到半岭凉亭向北下山的，时间是下午2点

清泉石上流

① 竹叶青蛇，俗称红眼蜻蜓，是剧毒蛇，常盘踞在树梢，可在树梢间爬行如飞，袭击觅食。图为该蛇正盘绕在枝干上，通体翠绿光亮。

73岁的阿伯

半，来回加上中间休息吃饭共六个小时。

阿伯一路上清障开路，出力最多，却没有一点疲惫感，下山时又从半路上背回一支碗口粗的老毛竹。73岁的人了还能有如此体力，看来是太平山使然也。

回到村里，大家都感到游兴未尽，又说了起来。我说，去了龙潭坑更为家乡感到自豪了！大家都觉得如此美妙、险峻、幽深的景点，不展现给世人太可惜了，应该想方设法招商进行开发。此次考察不但欣赏了美景，还拍下了影像资料。我先后选景一处，拍摄照片40余张，寿江摄取录像资料30分钟。有恐高症的妻子几次在大家的帮助下不怕艰险，超越心理和体力的极限，完成攀登，很有成就感。但遗憾的是，我们没有到达终点——南天湖，感觉还有一个大的悬念没有解开。感叹中我起身远望太平山连绵的雄峰秀谷，转而又想，在太平山，等待人们的岂止是一次探险，一个悬念呢！

南天湖

如前述，2007年秋，探险龙潭坑溪谷流域，惊叹于天地造化的鬼斧神工，陶醉在山水飞瀑的绚美奇景中，令我回味无穷。但因体力所限未能到达终点——位于山顶的南天湖，留下了一桩心事。回到青岛的家里，还在想象：一个在高山之巅，在村子头顶上的湖泊会是啥样呢？我曾想到长白山天池，想到好多火山口湖泊……

2009年清明节，我们扫完了墓，就开始筹划南天湖之行。

棋盘岩——天路

龙潭坑溪谷流域风景区夹在两条高耸的山脉之间，东边是鞍骑岗，西边是棋盘岩，由南向北走向，溪流落差500米。我小时候上过鞍骑岗，棋盘岩这边却从未上去过。

龙谭坑位于两山之间

4月5日一早，我与妻、弟由传敖阿伯及表妹婉建带领，由龙潭坑西边棋盘岩下面的一条小路攀爬上山。阿伯说这是去南天湖最好走的路。说是“路”，也只是相对于像黄石潭那样没有人

棋盘古道

去的深谷密林而言的，仅仅是没有灌木杂草遮挡、没有人走过而已。我们只爬了十几分钟，就没有什么像样的路了，更无台阶步道。资料显示，南天湖海拔680米，从山下起点算起，净高520米，45°左右的坡度，陡峭险峻。我们从无边的竹林绿海中蜿蜒而上，由于山路崎岖，坡度太大，感到特别费力，只爬了半小时就已经气喘吁吁爬不动了。见同行的两位女士都没有停步的意思，又咬牙坚持了十几分钟，就坐下来休息了；其后，又在半岭凉亭和棋盘岩歇了一次，到达南天湖全程耗时两个小时。

棋盘岩当属太平山最著名的风景点。史籍记："远眺棋盘岩，兀立于山，于云雾中若隐若现，疑是仙境。登其而上只见

大山顶上的村子

天路

大山顶上俯瞰

太平山

巨石堆垒，整齐有序，仪态万千，似是神造。”棋盘岩位于太平山村子的南山顶上，是一个天然形成的巨石阵。早年从山脚下望上去，这巨石阵像一位盘腿而坐的老人遥看上虞全境，但令人痛惜的是此景现已不复存在了。我们几个坐在棋盘岩遗址休息的人，不免又聊起棋盘岩的神仙故事[①]。

爬到山上后，沿着棋盘古道西向东上行十几分钟，见到前方高地上伸展开一条乌黑的柏油公路。后来知道，这条路向西绕一个180°大弯与山下的太平山村相通，之间的路约一个小时车程；这条路向东再向南通往四明山镇——溪口。几人走在山顶公路上，环顾四周，发现这山上的地形较为平坦。我们所处的位置并不是山的顶端，远处还有逐渐隆

①参看本书“民间故事——棋盘岩遇仙”。

起的更高山脊。这里是上虞与余姚的分界线，前面山岙里有一个二三十户人家的山村，归属余姚。

置身群峰之巅，亲吻朵朵白云，使人备感大自然的无穷魅力；而居高临下，遥望山下那星星点点的村落，又会带给你一种像是天上神仙的幻觉。这真是一条天路，一条通往仙境的天路！我感应到《天路》的美妙韵律："黄昏我站在高高的山冈"，看那山下我们的村庄……

歌声在空中飘荡，我心在云间飞翔。

乌洞

沿公路向东行走100多米，从公路岔路口下来，下坡十几分钟再转过一个弯，眼前豁然开朗，青山绿谷环抱中的一片清澈水面映入眼帘。"南天湖！"几个人不约而同地叫道。带着惊喜的目光扫视南天湖全貌，真是绿树倒映世外桃源，高山幽

乌洞

谷人间天堂。原来这里是一处内宽外窄的峡谷，在较窄的口子上有一堵拦水大坝挡住了山水的下泄通路，形成一个人工湖。由左侧湖面上方山坡的一条小径向前，就下到了大坝上面。大坝长62.5米、高17米，坝顶宽7米，正常水位的水面面积约有三个足球场大小。我想，这种建设在偏远大山里的建筑，如果放在50多年前，可算得上是相当壮观了。

从大坝望下去，只见山涧里一片茂密的原始林木，看不到下面的峡谷溪流。这里是黄石潭溪流的最上端，一年前我们爬到了黄石潭4/5的地方，还没有上到这里，也不知道下面

乌龙云团

是个啥样。我被告知，这里可是个神秘的地方，从谷底仰望，两边悬崖陡立，茂密的林木遮挡住了峡谷上口的光亮，光线在阴森森的峡谷通道里渐渐消失，只见前方是一个没有尽头的黑洞。这时会有一种莫名的恐惧向你袭来，感到随时有被可怕的黑洞所吞噬的危险。据说即使是那些不畏艰险的强悍者，但凡到了这阴森的黑洞里，也会感到心惊肉跳而不敢枉然前行。正因如此，这里有了“乌洞”的称号，建起水库后，自然就叫乌洞水库了。

南天湖

根据水库的地势特点，又被称为“南天湖”。水库建起来后，就出了怪事：每当大旱之年水库放水时，天上就乌云翻滚，大雨倾泻。民间传说，这是乌龙潭里的乌龙到了乌洞水库。

乌洞水库是干溪的第一源头，为上虞市、陈溪乡政府重点管理的水利设施，定期拨款进行维护，至今仍在积极地发挥着提供生活用水、农田灌溉和防止山洪的作用，有下游六个村庄的近一万人因此受益。

眼望乌洞水库荡漾涟漪，心里感叹半个世纪前建造这样一个水库一定非常不易。这时，脑海里出现了1970年我和村里几个小伙伴去立功水库工地时看到的劳动场面；继而又浮现1975年我在山东农村下乡时挖河的情景。真有意思，我的思维自动地把这几档事扯到了一起。然而这种意识的畅游，却激起了我追溯南天湖的冲动。

建设者

下山的路上，一行人聊的全是有关南天湖的话题。后来在听过几位当事人的介绍后，我被建设南天湖的故事深深打动。

南天湖是为了解决山下农业灌溉用水的问题，由乡里决定以太平山、陈家岙两村为主修建的一座水库，始建于1958年12月，建成于1961年；主要工程是把库容区内的泥土挖出来，修筑拦水大坝。

为了扩大库容，不但要挖出谷底的泥土，还要对峡谷两边的山坡实施拓宽，搬动的土石方量很大。那时并没有施工机械，只能采取人海战术，靠掀镐锄挖、竹筲箕挑。尽管工地条件艰苦，工作强度很大，报酬也只有很少的一点，但大家都踊跃报名，每天有三四百人在工地上参加劳动。那时的人们满怀着对生活的憧憬，不向山河低头，以舍身忘我的精神

南天湖下的悬崖峭壁

投入到水库的建设中来，留下许多感人故事。新荣婶子结婚两天就去了工地，漂亮新娘子的到来吸引了工地上人们惊喜的目光，受到当时的党支部书记张岳厅的表扬。

为了加快修建进度早日建成水库，工地上有人想出挖仙人洞的办法，就是先把下面掏空，然后可以轻松地把上面的部分整块地挖下来。却万万没有想到，有两个人在洞里挖土时被塌方的泥石压死。我母亲当时是妇女主任，负责处理善后工作。其中有一个是陈家岙人，只有17岁，还是个独子，人被压得不像样了，没法让家属看，只好用一床被子卷了起来。其母听到这个噩耗，哭得死去活来。母亲说，两位牺牲者的名字记不起来了，但我始终没有忘记他们。

在建设水库的过程中，更为艰辛的工作是从山下往工地背水泥。六表姑父今年82岁，弯弯的脊背，粗糙的双手，还有坚毅的神情，显示出饱经沧桑的往昔。他告诉我，水库建设用的水泥等物资都是靠他们背上去的。背水泥是最累的活，每人都有一个事先用一根结实的树杈做成的架子，两边有铁丝与两边的枝杈相连，叉口上面和后面有挡板，水泥就立着横放在架子上。架子下部的

王六表老人示范背水泥

一条支腿，既是掌握和控制平衡的把手，又可在休息时用作立地支撑。六表姑父摆着姿势告诉我，我们就是这样肩扛水泥架子、手握架子支腿往山上扛水泥的，一般都是早晨6点出发，10点钟到达工地。在陡峭的山路上背着100斤重的水泥爬4个小时的山路，有多么苦啊！

听着老人的讲述，我张大了嘴巴，心在震颤，无比惊愕！这是一种何等艰辛的劳动，这是一种何等坚忍的意志！我们的父辈，不但以自己的钢筋铁骨，用难以想象的付出，为我们的家园留下了物质财富，更为后人树立了艰苦创业的榜样。现在的年轻人如果以背水泥的精神去干事创业，还有什么困难不能战胜，还有什么堡垒不能攻克！

写到这里，我突发感想：应该在南天湖立一块纪念碑，让它成为太平山人、陈溪人艰苦奋斗的象征精神。

春天的竹笋

清明时节的太平山，到处洋溢着春天的气息，到处都是忙碌的人们。大片的油菜花、漫山遍野的映山红和各种各样的野花向人们展示着春天的无限魅力。它们有的骄傲地盛开在山坡上、田地里，一片生机盎然的景象；有的扎根于险峻的山崖上，探出大半个身子向你绽开出轻松地微笑。

油菜花

春的感染

竹笋军团

然而，我以为，最能代表春天的杰作，最具视觉冲击力的景象，最为大气磅礴的表演，当属大山上林海中生机无限、蓬勃向上的竹笋！这是一个庞大的竹笋军团。仿佛就在一夜之间，它们就从不同的地方争先恐后地破土而出，顿时，漫山遍野都是竹笋，在竹林里，在溪涧边，在峭壁下，在悬崖旁……多么旺盛的生命力，何等壮观的场面啊！

竹笋在土中的生长阶段，经过顶端分生组织不断进行细胞分裂，形成节、节间、节隔、笋箨、侧芽和居间分生组织。竹笋的生长是从基部开始，先是笋箨生长，继而是居间分生组织逐节分裂生长，推动竹笋向上移动，穿过土层，长出地面。在竹笋的生长初期，笋体仍在土中，生长非常缓慢，一般每天生长量不过一两厘米；而到了生长高峰期，一昼夜竟可长1米左右，这时竹笋逐渐过渡到幼竹阶段。

破土春笋

竹笋是天然无污染的绿色食品，分冬笋和春笋两大类。脆嫩鲜美的竹笋，营养丰富，其味性甘、寒，含有高蛋白、低脂肪、低淀粉。据资料介绍，竹笋除了含有粗纤维之外，还富含有19种氨基酸，其中包括人体所需的8种必需氨基酸，是一种营养价值很高的植物，具有消渴、利尿、化痰、促进胃肠蠕动、助消化、去积食等功

一人多高的竹笋

效，适用于水肿、腹水、急性肾炎、喘咳、糖尿病等患者，对预防肠癌和单纯性肥胖也有一定的益处，但竹笋中含有的草酸盐会对某些人造成不适，因此需根据个人体质有选择地食用。

毛竹可在春季采春笋，夏、秋间采鞭笋，冬季采冬笋。然而，只有春天的采笋（当地称为“刨毛笋”）才能呈现出热闹的场面。因为春笋出土的时间非常集中，如不及时采收，春笋出土后会随着笋体长高，笋肉中的粗纤维逐渐变硬，不利于食用，故采收愈早，所获得的竹笋品质愈好，植株消耗的养分也少，使母竹有较多养分供后续竹笋的生长需要，可增加出笋数量而减少退笋数。这时，在山上的竹林里，到处都有刨笋的老乡，不时听到相距一段距离的两人扯着嗓子讨论着有关毛笋的收成与卖价的声音。偶尔，还有人

挑着一担刚刨出的毛笋匆匆下山。

刨笋情趣

我总也忘不了童年时跟奶奶去自留山上刨毛笋的情景，这种美好的回忆，一直伴随着令人心动的期待；有时也觉得奇怪，我为什么会有这种刨笋情结呢？

抵挡不住刨笋的诱惑，2009年清明时节，我和妻加入了刨笋的大军。与以往不同的是，这一次有计划、有准备，安排了一天的时间，想做一次全程、深度的体验。4月6日一早我俩就到舅舅家报到。不知是出于怀旧，还是为了情趣，我让舅妈给我找了一套有很多补丁的蓝布衣服。舅妈紧绷着脸说，这么破旧的衣服我们现在都不穿了，怎么能给你穿呢？我穿到身上，几个人一下笑了起来。我又戴上斗笠，腰里系上带勾刀篓子的绳子，走到妻子面前，郑重其事地问道："怎么样，像个山里人吧？"妻端详了一会儿，开玩笑地说："哎，怎么越看越像个没有改造好的坏分子呢？"说得大家笑个不停。

舅舅挑着担子，我俩各扛一把锄头，一起到了离舅舅家最近的一片毛竹林里。我们首先向舅舅请教操作要领。舅舅告诉我们："要挑竹笋多的地方刨，竹笋挤成堆后会长不好，有的还会死掉。"说着，手指着前方地上三支出土的笋芽说，只留下大的一支即可。舅舅说着，给我们俩做起了示范。他先用锄头刨去笋边的土，很快一支大毛笋露出大半，只见一锄下去，大毛笋应声倒地。接着，舅舅用锄勾出毛笋，把坑填平。我学着舅舅的样子，挖土——露笋——最后"临门一脚"。嗨，工夫不到，两三下也没把笋刨下。舅舅笑着说，你从这边下锄试试，这次果然一下就斩断了笋根。我露出不解的样子。舅舅拿起笋来，指着笋的根部说，这里有个弯度，你刚才从弯的外侧

收获

下锄就不容易刨到根，我这才恍然大悟。知道要领后，我再挖笋基本是锄锄命中。妻子在一旁看得手痒了，也学着把笋边的土挖开，然后高高地举起锄头，狠狠地“临门一脚”下去，笋刨下来了，很是高兴，但再一看，却发现还有小半截子留在土里。

经过对工作岗位调整，我和舅舅在第一线刨笋，妻子把刨出来的笋集中到一起，再用勾刀砍削掉笋皮。舅舅说，笋去了皮就不好保存了，但这些笋是要拿回去晒笋丝干的，那就不如把皮留在山里，这样一来，既省力又环保。三个人的合理组合，使刨笋作业有序进行，欢快的气氛增添了劳动的乐趣，每发现一支将要出土的笋苗，或一道被笋尖顶开的裂缝，都是一份惊喜；每刨出一支硕大的毛笋，就享受一次收获的满足。这时突然想到钓鱼时鱼儿咬钩那一瞬间的惊喜，往上收线时的激动，把鱼拎在手里时的成就感，两者有太多相似之处。人是高级的感情动物，对于一项能给你带来兴奋和满足感的活动，你会很难拒绝它的诱惑，这似乎就是我的“刨笋情结”的由来。

收获喜悦

没想到我们的劳动效率很高，只用了两个多小时工夫，两只箩箕已经装满了削去皮的毛笋，于是收拾东西回家。我抢过担子挑在肩上，迈出稳健的步伐，在担子上下颤动的节奏感中，找回了30多年前下乡时挑担的感觉。舅舅表扬我挑得很像样。我的表现也出乎妻的意料，她在旁边一个劲地给我照相。这下又给我加了油，60斤重的担子，到舅舅家里三四里的路程，半个多小时就到了。我把担子放到门口，摘下斗笠扇风，眼睛盯着这一担白白的去皮毛笋，美美地享受胜利成果带来的喜悦。妻子及时地抓拍下了这一美好瞬间。

一直过了好多天，这次刨笋带给我的兴奋与满足还没有在心里消退，每次回想起来，都觉得回味无穷。刨笋不仅锻炼了身体、放松了心情，更让我感到兴奋、享受喜悦，令我无法抗拒回归自然、陶冶情操的诱惑。我由此想到，凭借优势资源，

以这种原始的刨笋模式，把它设计打造成一个太平山农家乐旅游项目，一定会吸引很多城里人像我一样，带着对毛笋的赞叹与好奇，怀揣着诸多期待，装扮成刨毛笋的山民，体会其中的无穷乐趣。

相关链接——竹笋的生长

竹鞭是竹的地下根茎，在土中呈波浪状伸展。竹鞭有许多节，除基部几节外，每节有一个侧芽，少数营养充足的侧芽可发展成笋。冬季，鞭梢停止生长，到第二年初夏新竹枝叶展开后，竹鞭开始抽出新鞭。新鞭淡黄色，组织不充实，第二年以后鞭中养分增多，一部分侧芽肥大成笋芽。毛竹第三年开始产笋，这时竹鞭呈鲜黄色。之后连续三四年是产笋的盛期。这以后竹鞭逐渐衰老，由原来的肉黄色变成棕色到褐色，发笋逐年减少，直到不能发笋。毛竹每两年换一次叶，换叶当年出笋少，成为小年。换叶后新叶茂盛，光合作用强，积累养分多，竹鞭营养好，形成的笋芽多，次年出笋多成为大年。这是竹笋的生长有大小年的主要原因。

竹鞭的伸展，笋芽的形成，竹笋的膨大以及笋出土后长成新竹，必须有大量水分和养分供应。开春天气转暖，就有大

量春笋出土。倘若土壤太干，则出笋少而生长慢，已出土的一部分笋因缺水而干瘪死亡，称为“干退”。有些笋在出土前死亡，称为“闷头退笋”。冬笋是春笋的雏形，笋体略呈纺锤形，单个重0.25～0.75千克，肉质细嫩。冬笋埋在土下不易找到，挖掘时须先判断它的位置。冬笋主要生在壮龄竹鞭上，而新竹绝大多数是从最壮龄竹鞭发生，新竹最下一盘枝叶伸展的方向与竹鞭的走向大体一致。根据上述规律，仔细观察土面，找到土表泥块松动或有裂缝处挖掘，就可找到冬笋。挖取时从笋的基部切断，不可伤鞭。为了留养新鞭保证以后的竹笋产量，鞭笋不可多挖，一般只从浅鞭和细弱鞭中挖取。江南于3月下旬至5月上旬采收春笋，以笋尖刚露出土面时挖取的春笋品质最好，笋壳底色淡黄，单个重1～1.5千克。笋体露出土面后，笋壳色泽变褐紫，表面密生棕色小刺毛，称为“毛笋”，单个重2～5千克。

我国原产的竹有26属共200多种，毛竹为其中一种。毛竹也叫江南竹。是我国栽培面积最大、经济价值最高的竹种。竹竿高10～13米，横径10～14厘米，竹壁厚，质坚韧，用途广。毛竹的立竹年龄可以秆的色泽识别：三年以前为绿色；四五年为黄绿色；六七年为绿黄色并有较厚的灰白色蜡质层；八年以后逐渐转变成古铜色，蜡质层逐渐脱落。一般七年以后毛竹长势减弱，可以砍伐。砍伐的老竹要选叶色发黄来年即将换叶的，不可砍叶色浓绿的“孵笋竹”。砍伐老竹时还应砍密留稀，使全林立竹分布均匀，提高对阳光的利用率。

巡游山水佳境

1. 陈溪通泽大庙、石笋山风景区

通泽大庙位于陈溪乡政府旁，距太平山村 7千米，是祭祀及怀念通泽将军灵姑浮的场所。春秋战国时，越国大将灵姑浮在陈溪带领越国人民，奉行复国大计。勾践伐吴雪耻时，灵将军率领十个儿子为先锋，攻陷姑苏，终于为国雪耻。在宋朝时期，宋王为表彰灵姑浮为国为民作出的贡献，封灵姑浮为广利候，建大庙以敬之。2 000余年来，大庙一直香火兴旺。遗憾的是通泽大庙在“文革”中被毁。现通泽大庙是在1993年由十位老人发起集资重建，现已粗具规模。

石笋山——处于陈溪乡入口，与对面之石狮山隔溪相对扼陈溪之门户，因山上多处自然奇石景观而得名。石笋山又名钓台山，因曾有先贤名人陶弘景隐居垂钓于此而得名，该山位于陈、达、干三溪之

通泽大庙开光仪式

中，为四明、太平山之余脉。其间奇峰怪石、峻岭陡壁、茂林修竹、清流碧水、双映石笋、花香鸟语令人陶醉。石笋山之北有双石笋，顺山势次第而生，传说为女娲娘娘补天之灵石散落于此间而成。双石笋一大一小，大者巍然耸立，独插云天，通体高大，高、围各达数百尺，壁陡，少有人能登其上。据说其顶上曾生长着奇花异草——大古松和蟠桃，常有苍鹰盘踞其上，实为一奇。

双石笋脚向东延伸入溪，汇成一潭，此为长潭，长百米，宽二十余米，水体碧绿，平静似镜，映出大小石笋之倒影。水中游鱼，五色缤纷。水中之鳖，为天然滋补良品。潭水幽深，可乘竹筏畅游。长潭边铺陈长达百余米的鹅卵石滩，经溪水历年冲刷，鹅卵石光滑圆润，顺地势排列整齐，此谓大石滩，是游人观石笋、赏溪景的好地方。

象鼻岩——石笋山南有一象鼻岩，由天然巨岩形成。象鼻从半山腰伸出，伸入溪中，其形酷似一大象伸鼻汲水而得名。象鼻岩中部形成天然岩洞象鼻洞，恰似大象之眼睛。洞中可容数十人，陈数席，故有“蜃市楼台”之比。洞中有一清泉长年汩汩而流，可为游人解渴。

2. 巽溪生态休闲区

巽溪生态休闲区位于上虞市陈溪乡巽溪村，距太平山村2千米；为四明山腹地，是以茂林修竹、秀峰奇岩、飞瀑流泉、幽深静地为特色，以优美的山野风光和清静自然的原生态环境见长的休闲胜地。

巽溪生态休闲区

休闲区内景观资源丰富，千年香榧、百年古柏古朴苍翠，令人称奇；巽溪蜿蜒流淌，沿溪有问石潭、三叠泉、梦雨潭、雪花潭等众多溪潭，美不胜收；响石潭（大石浪）气势雄壮，乃世纪冰川遗迹；纸塘遗迹见证了陈溪先民的勤劳和智慧；竹海苍茫，如置身天然氧吧，更是放松身心、拥抱自然的胜地。

3. 如静庵

如静庵，又叫苦竹庵。坐落于巽溪村的山上，距太平山村步行50分钟路程。始建于隋朝，几经兴衰，目前尚存有庙堂大殿的基座和三块石碑。风水绝佳，景色秀丽。

如静庵

4. 黑龙潭

黑龙潭位于四明山余姚、上虞和鄞州交界处的黑龙潭村，距太平山村15千米，属于未开发的原生态山谷，群山环抱，山道险峻，一条溪流潺潺而下。

一潭，潭水浅蓝幽深，清澈见底。瀑布如一条白练从天而降，气势磅礴。二潭，瀑布比一潭更加雄伟壮观，又湍急惊险，瀑布轰鸣，峰崖陡峭，潭水澄碧，寒气逼人，大自然的鬼斧神工，把这条峡谷雕琢得景中有奇，奇中有景。民间传说此潭驻有黑龙，当地村民认为黑龙可以保平安，赐予福惠。三潭，瀑布如西施轻浣的素纱，阔不盈米，轻柔缥缈，令人陶醉。泉水晶莹清冽，水味甘醇。

黑龙潭

5. 覆卮山风景区

覆卮山

覆卮山海拔861.3米，为上虞最高峰，位于上虞市岭南乡，距太平山村15千米。因南朝山水诗人谢灵运“登此山饮酒赋诗，饮罢覆卮”而得名。覆卮山峦起伏、云雾缭绕，更有一条石河巨石滚滚，顺坡而下，气势壮观。两年前，经国内专家韩同林教授实地考察，确定此石河为第四纪冰川遗迹。从此，前来此处登山攀岩者络绎不绝。

世纪冰川——规模之大，古冰川遗迹类型之丰富，且位于低纬度、低海拔地区，在国内外均属罕见，堪称世界奇观，具极高观赏性和美学价值，给人们极大的视觉冲击和美学享受。

千年梯田——覆卮山北彼石浪周围连成片的梯田有2 300多亩，按每亩大约十块梯田计算共有梯田约23 000多块。这些梯田全部由第四纪冰川遗迹——“石冰川”中的岩块砌筑而成，构成了一幅奇异壮美的图画。

高山草地——在海拔600米以上的山顶地带，一片草海绵延数千米。春天草色青葱、野花烂漫；夏季满坡披绿、彩蝶纷飞；秋天成片的芦花在阳光的照射下散发出银色的光，在微风轻轻的吹动下变得更加婀娜多姿；冬枯山野，又有一番独特的景观，不时还可见家养野放的黄牛悠闲自在地满山坡觅食。

6. 四明山国家深林公园

四明山国家深林公园位于浙江省东部四明山腹地的余姚、鄞州、奉化、嵊州、上虞五市区，总面积6665公顷，距太平山村35千米。公园多低山丘陵，山峰起伏，岗峦层叠，海拔在600～900米之间，主峰金钟山海拔1 018米。公园气候微冷而湿润，四季分明，光照充足，雨量充沛，冬夏季风交替明显，夏季凉爽。

四明山国家深林公园

公园内山脉纵横，其顶较平缓，山坡较陡峭，自然形成了众多的溪涧和瀑潭，为甬江、曹娥江和奉化江三江之源。公园林木茂密、花草芬芳，山崖巨石常现于苍松翠柏之中。园内物种丰富。经初步调查，有植物近千种，主要动物106种。有常绿阔叶林、柳杉长廊、金钱松林、柏木林、黄山松林、四明山红枫之乡——万亩红枫林和各种鸟类景观等。

仰天湖——位于四明山国家森林公园仰天

仰天湖

湖景区，距太平山30千米，距宁波80千米。经公园40余年苦心经营，仰天湖边林木森森，幽水迷人，洞谷览胜。住简单清爽平房，赏玲珑天堂美景，闲情垂钓，自餐自饮，为有缘之人尽回归自然之雅兴。

鹁鸪岩洞（水帘洞）——位于仰天湖景区，岩洞上部为山谷间的峭壁，洞顶一股飞瀑直流而下，飞珠溅玉，吐霓挂虹，落地汇成清澈没膝的水潭。因洞旁谷中时有鹁鸪声声啼鸣而得名。

陶坑大峡谷——位于周公宅景区，全长4千米，峡谷两侧山体秀丽，山峰林立，风光宜人。其间泉、瀑、潭遍布，危崖峭壁随处可见。

7. 英台故里

英台故里祝家庄旅游区地处上虞市中部丰惠镇西北，距太平山 30千米，距上虞市区9千米，是经典爱情故事“梁祝”传说中祝英台的故乡。

祝家庄地处半山区，南、西、北三面环山，庄前有“玉水河”，河呈南北长条形，与开凿于西晋的四十里河贯通。现尚存有祝氏祖堂、玉水河、井空泉、药师寺等与祝英台相关的古迹。村庄依山傍水，建筑错落有致，街巷幽静古朴。低矮的山峦、宝塔，分布于水网间的田野、村庄、农舍，给人以深刻的印象。旅游区东起村口运河，西至青龙山，南接玉水河，北靠凤亭山，总面积约2.84平方千米。

英台故里

民间故事

——历史与人文的拾遗

达溪流域山青水秀，虞南地域人杰地灵。山的峻拔，水的灵秀，孕育着浓厚的乡土文化；古老文化的积淀，山乡生活的土壤，成为孕育乡土传说的源泉。

乡土传说带着一种对古村文化的承载和宣泄，充满着想象的张力，为我们开阔了太平山故事的内涵空间。

通泽大将军

到过陈溪的人都知道通泽大庙，庙里供奉着一尊气宇轩昂、威武挺立的神像，他就是越王勾践手下的赫赫战将、抗吴英雄灵姑浮。在这片土地上，世代流传着这位大将军的动人传说。

公元前496年，越王允常死，其子勾践即位。吴王阖闾趁机亲率大军进犯越国，越出兵抵抗。战争在今嘉兴附近一个叫槜李的小镇上拉开了帷幕。吴军有备而来，气势汹汹；越军被迫应战，但士气旺盛。两军对阵，越方首先擂鼓。这时，担当先锋的大将军灵姑浮一马当先冲向阖闾，将军畴无余、胥犴带领越军从左右两翼包抄，杀入敌阵。吴王惊魂未定，灵将军的利戈已在眼前，吴王朝后一闪，

通泽大将军

刺中吴王右足坠于马下，在吴将专毅保驾下，逃出重围。槜李之战吴国惨败，阖闾不久足烂而亡，临死嘱其子夫差，一定要报杀父之仇。

公元前494年，越王勾践闻吴王夫差为报父仇，正加紧训练军队准备攻越。遂不听大夫范蠡的劝阻，决定先发制人，出兵攻吴。吴王闻报，发精兵抗击。两军战于夫椒（位于吴越交界处，在现在的江苏太湖西山）。越军战败，损失惨重，退守会稽山（今浙江绍兴南）。吴军乘胜追击，占领会稽城（今浙江绍兴），包围会稽山。勾践命灵姑浮将军领兵把守陈溪口，以保越国后方太平山及周边的万民百姓。于是，一段流传千古的“十年生聚，十年教训”的故事由此开始。《左传·哀公元年》是这样记载的：“越十年生聚，而十年教训，二十年之

通泽大将军一马当先

外，吴其为沼乎！”意思是花十年的时间用来生育繁衍人口，用十年的时间用来教育子民训练军队，20年以后必定扫平吴国！

面对无法挽回的败局，越王勾践听从太平山方士计然之计，带其徒范蠡和西施、郑旦入吴为质，为吴王夫差驾车养马，打扫宫室；留下大夫文种、大将灵姑浮在陈溪带领越国人民，奉行休养生息的复国大计。

在越国存亡的危急关头，灵姑浮临危受命，忍辱负重，以自己的忠诚和谋略保存兴越灭吴的力量，经过十年生聚、十年训练，招兵买马、习武操练，保存了国脉，振奋了斗志。为复国雪耻，他们厉兵以秣马，跣足以砥砺。终于有一天，鼙鼓响起，灵将军率领十个儿子为先锋，数万虞南壮士背负复国雪耻的重任，跋山涉水，直捣吴国，攻陷姑苏，最终一雪国耻。灵

陈溪通泽大庙

将军也因此成为越国复兴的第一功臣。

陈溪作为军事上的战略大后方，这可能是最早的成功案例。我不知道，2000多年后，陈溪作为浙东抗日根据地的大后方，是否与这一成功战例有着某种渊源。抗日战争时期，活跃在四明山区的新四军浙东游击纵队的勇士们，继承先人卧薪尝胆、励精自强的爱国主义传统，同仇敌忾，英勇抗日。这里曾是新四军浙东游击纵队的后勤基地，设有兵工厂、被服厂、印钞厂等。1945年，浙东抗日根据地浙东银行发行的抗币，就是设在陈溪乡小陈村高苏自然村的印钞厂印制的。位于虹桥村的虹桥晒场，还是抗战时期新四军集会和操练的场所。曾由共产党员袁萧吟（原任浙江省轻工业厅厅长）率领游击队攻打慈溪盐公堂的队伍，也是从这里出征。古今的民族英雄们，用他们的忠烈之心谱写了一曲曲爱国主义的赞歌。

时光荏苒，岁月沧桑。虽然吴越战争的金戈铁马声早已淹没在历史的烟云中，但是，在保家卫国中立下赫赫战功的灵将军，人民没有忘记，历史已经载入。

通泽将军的英名在陈溪历代百姓的心中有着十分重要的地位。为了纪念灵姑浮将军的丰功伟绩，早在汉代，人们就在山清水秀的石笋山前为将军建了大庙，一直受到民间香火敬奉。

历代帝王敕封灵姑浮为“通泽将军”“广利侯”。通泽大庙《道光十六年灯会碑记》写道：“祷雨屡验，宋熙宁八年，太守赵清献公奏其迹。勅旨：显封广利侯。”

于吉南游发现太平山

于吉求医得奇书

相传，山东琅琊（今山东胶南）地方有个名叫于吉（？–200年）的人，浑身上下生满了疮癞。多年来百药难愈，百医难治，十分痛苦。有一天，他在药市上遇到一位名叫帛和的卖药翁，便向他求讨治疾良药。经过一番辗转，终于得到真传。卖药翁对他说："我传你的妙药奇书，都在这两卷素书之中，你得到此书，不但可以治愈你身上的顽疾恶症，还可以照此修炼长生之道。"临别又嘱他："凡遇穷困苦难，均应乐于济世救人。"于吉牢记卖药翁帛和的教诲，按照他临别的要求，将书重新抄录，自己潜修密证，精思其中的深意，对己以治疾理身，对外则治病救人，书中文意均在实践中一一得到检验。

携经书南游发现太平山

时为东汉末年，宦官当权，天下大乱，于吉携带经书南游吴越之地。一天，于吉来到越东地方，发现一座山，方圆一百三十余里，人称太平山。太平山山势壮美，秀峰奇岩，竹海苍翠，高山幽谷，泉水清澈；再看主峰棋盘岩，兀立于山，于云雾中若隐若现，疑是仙境。于吉被这幽境静地深深感染，觉得此山于己有缘，遂进入山中，沿太平山溪流上行至棋盘岩下，觅得一处风水宝地，开荒平地，修通道路，垒筑石屋，支起石锅，从此生活在这里，采药、炼丹，治病救人，悟道，著述，修炼道术。后来他觉得该经更能助人太平，就取山名作该书之名，称其为《太平经》。

《太平经》是道教的一部经典，在后人的传布下，该经大行于世。史料记载，于吉死后就长眠在太平山上，但其墓葬的具体位置至今仍然是个谜。

棋盘岩遇仙

很久以前，村里有一位老公公去棋盘岩砍柴，走到山上后感到身体困乏，想到棋盘岩的大石头上休息一下，就看到两位老翁坐在棋盘岩上。老公公好奇，便放下柴刀、柴绳和冲担[①]走了过去。只见两位老者鹤发长须、身着道袍，坐在棋盘岩上对弈，棋盘的旁边放着几个硕大的桃子。老公公虽然觉得似曾相识，仔细一看却并不认识，心想：这是何方人士呢？正纳闷间，其中一位老者说道："我看你有些劳累，不妨在此一歇。"老公公听了老者的话，便凑上前去，在一旁观战，还一边啃着老者给的大桃子。几个回合下来，太阳西斜，棋盘岩下云雾缭绕，老公公这才醒悟过来柴还没有砍呢，忙去拿柴刀、柴绳和冲担，却遍寻不着，老公公感到惊奇，想问两位老者，却发现已不见他们的踪影。他揉揉眼睛再去寻找，终于找到一把生锈的无柄柴刀，只好闷闷不乐地空手下山。

回到村里，除了村边的溪滩和村里的鹅卵石路，一切都变得生疏了，找不到一个认识的人，看到的只是一双双陌生的目光，顿时感到一阵从未有过的失落。老公公大惑不解，其实，他不知道，他在山上的一天，山下已经过去百年。

---

① 冲担——两头尖，用竹竿做成的担柴的工具。

他找啊找，怎么也找不到自己的家了，最终在道地边上看到了他自家的那口熟悉的捣臼。老人抚摸着石捣臼，激动不已。台门里的老少都好奇地围上来，询问事情的缘由。当得知老人的棋盘岩奇遇后，他们感到十分神奇和震惊。

此后，棋盘岩便被太平山人当做仙山，而这位遇仙的老公公则被尊为太平山人的共同长辈，称其为“太公”。

神仙下棋

凤凰之殇

相传很早的时候，太平山是个世外桃源。尽管山外连年争战、改朝换代，可太平山里平静如故，人们在这个群山环绕的古老村落里过着日出而作、日落而息的农耕生活。就这样，千百年来，一代一代的太平山人在这块安宁的风水宝地上生活、繁衍下来。

到了清朝年间，一支长毛残军遭清军追杀，流窜到虞南山区，在十九都下岭、庙下、陈家岙等地抢掠。一天傍晚，他们抢完陈家岙，想再到太平山抢一把，然后沿章镇方向寻找逃散的旧部残兵。可是走到太平山村口外，在两座大山的合拢处，是一片阴森森的密林，他们个个像无头苍蝇四处乱撞，吼叫声、谩骂声乱作一片，却怎么也找不到进村的路径。走在后面的头目看到实在不行，便朝天鸣枪，召集

凤凰山和金鸡山

起部队，迅速由原路退回到陈家岙驻扎。事后他们才知道，太平山村口的两座高山，其实是把守山门的金鸡和凤凰，它们的羽毛便是那山上遮天蔽日、延绵数里的茂密丛林。每到夜晚，金鸡和凤凰就展开翅膀，合二为一，把村口遮挡得严严实实，谁也休想进村。

金鸡和凤凰显灵的消息不胫而走，越传越神。

话说在太平山20里外的下官镇，有一大户，主人有点文化，知晓阴阳五行、八卦风水，人称“地仙”，自称“风水大师”。不久，金鸡和凤凰显灵的消息传到了他的耳朵里。这位地仙人人贪得无厌，耐不住如此诱惑。一日，他备了厚礼，带领仆从，坐轿前来拜会金家族长太公。太公年过九旬，精神矍铄，在金家祠堂大厅接见了这位下官绅士。茶过三巡，一番寒暄过后，地仙突然拱起手说道：“老朽已年过六十，大去之期不远矣，想收买金鸡山做长眠之地，若能如愿，幸——甚，幸——甚。”太公听罢，忍不住将茶盅一下砸在桌上，吼道：“你做梦！金鸡山，乃吾村风水之山，百姓平安之依靠，我怎敢因几两银子而置百姓安危于不顾呢！”说完，拂袖而去。这位“风水大师”平日里呼风唤雨、称霸一方，哪碰过这样的钉子，气得咬牙切齿。“好啊，太平山，好……好！”回去的路上，地仙阴着脸，嘴里念叨着，心里开始盘算报复太平山的鬼主意。

终于有一天，这位地仙带着一拨四五十人的施工队伍，浩浩荡荡来到太平山。太平山村有近百亩水田，都是他家的。他指挥着劳工们在金家祠堂前面他自家的祭田上挖出了一个荷花池，在池上修建了一座箭形小桥，桥的后端与村弯弓型大路相

金鸡、凤凰把守山门

接，跨过莲花池，指向溪对岸的凤凰山；又在莲花池前边竖起一座牌坊，偷偷地将涂有狗血的犁头埋在牌坊下面。善良淳朴的太平山人看不出地仙的险恶用心，殊不知，这是地仙经过精心设计的“箭煞”风水阵。地仙认为“一条直路一支箭”，轻之谓“冲”，重则为“煞”。根据他的设计，箭桥搭在弯弓大路上，就是一支直射凤凰的毒箭，而做过法道的牌坊可以冲开有金鸡凤凰把守的门户。

然而，后来太平山的时运发展，却不幸暗合了地仙的风水阵。陈腐没落的清廷抵御不了侵略者的坚甲利炮，侵略者的铁蹄踏遍中华大地，覆巢之下已无完卵。由此，凤凰失去“神灵”，金鸡孤掌难鸣，太平山失去了以往的太平。

县太爷求雨

相传有一年上虞大旱，烈日炎炎，赤地百里，水源干涸，禾苗枯萎，眼见旱情日益加重，却不见老天有一点降雨的意思。为此，县太爷抓耳挠腮，心急如焚。忽听师爷来报，称民间都在传说本县南边的太平山，山清水秀，神仙向往，其山谷里有一龙潭，汇精聚气，呼风唤雨，求雨十分灵验。县官听后大喜，就虔诚地吃素三日，第四天沐浴更衣，临时组成一支二十余人的求雨队伍，举着水旗，抬一顶轿子，轿上放着一只新做的杉木饭桶，是用来存放请来的“龙王”的，轿子后面跟着三个身穿红、白两色方格道袍的红莲先生。人们敲锣打鼓，向太平山进发。虽然烈日当空，县太爷和大家一样，都不能撑雨伞和戴斗笠，否则就是怕雨，就求不到雨了。

他们来到太平山村南干溪上游，在一个水潭边举行请水仪式。县太爷与众人一起朝着龙潭的方向叩拜在地，红莲先生念过经咒，接着高喊：“禾苗枯黄，子民焦心；恳求龙来，降雨救民！”喊罢，站起身来，对跪着的人们说：“龙已上岸，速速去寻！”霎时，众人开始分头寻找，将捉到的四脚蛇、小鱼和泥鳅等立即放进已装上水的杉木饭桶中，就算已经把“龙”请到。人们相信，龙是不会现真身的，都是化作蛇虫鱼虾之类出水游戏的。

“龙”请到后，队伍就动身回村。人们将装有“龙”的杉木饭桶接进村里，天天对着杉木饭桶里的“龙王”跪拜，祈求龙王爷降雨救民。然而，一连祈求三天，老天并不为所动。第四天，县太爷急不可待，在村里人的带领下，率领请龙队伍

县太爷求雨

一起从村南西坪口进入龙潭坑溪谷口，众人挥汗如雨，缘溪艰难攀爬。当行至汇龙潭时，完全变成了另外一个世界，县太爷惊喜地看到，一条几丈宽的瀑布从山上倾泻而下，其水流沿岩面分成数条，似九条水龙奔腾而下。瀑下有一深潭，约数十平方米，潭水清澈见底；再举头仰望，只见山体陡峭，林木蔽日，阴森的涧底透出一股湿润的凉气。县太爷暗叹，真乃仙人境界，神奇地方也。

忽然，一团云雾飘至，众人抬头观望，只见这云团飘忽着久久不肯散去。慢慢地人们发现这云团好似一位白发飘须的老者，从天上缓缓走来。县太爷见状顿时跪在脚下溪石上，双手瑟瑟作揖，却不敢有半点响动。顷刻，突然想起刚才红莲先生的求雨词，便苦苦地哀叹道："禾苗枯黄，子民焦心；恳求龙来，降雨救民！禾苗枯黄，子民焦心……"正念叨着，从前方刮来一阵疾风，那酷似白发老人的云团便随风消散了。紧接着，只见西北角上空升起一片黑云，瞬时布满天空，昏天黑地，不一会儿大雨倾盆。求雨队伍急忙在雨中回返，个个成了落汤鸡，回到村口，县太爷已被淋得气息奄奄。据说，这场大雨持续了三天三夜，旱情全部解除。

熙朝人瑞[①]

相传清朝年间，正月初的一天，远近十里八村的人们从四面八方一起涌向了上虞丰惠县城，因为一年一度的过年大戏要在这一天开场了。天傍黑，戏未开场，台下已是人山人海。在看戏的人海里，有一对老年父子，是从50里外的太平山赶来的。当晚上演的地方戏精彩纷呈、高潮迭起，父子俩挤在人群里也不觉得累，看得津津有味。不想就在戏散场的时候，这两人被人流冲散。人群散开后，儿子跑遍四周，不见老爹的踪影，急得捶胸跺脚，引来不少百姓围观。这时恰逢县太爷路过，便上前问道：

“老人家，你遇到什么难事了？”

“我们两人来看戏，把爹看丢了！”老人答道。

县官听后惊奇地问：“你多大年纪了？”

回答：“75岁”。

---

①熙朝——兴盛的朝代。宋 陈师道《贺翰林曾学士书》：“兄弟相望，乃平世之荣光；鲁卫 同升，亦熙朝之故事。”明张居正《寿陈松谷相公》：“诚旷世之希逢，熙朝之盛典也。”清 龚自珍《题吴南芗东方三大图》诗：“熙朝翠华至，九跪迎上公。”

人瑞——指的是人间的祥瑞。有典故称：“天瑞有五色云，人瑞有郑仁表。”这是《旧唐书》里讲的一段故事。因郑仁表年事甚高，喻称“人瑞”。此后，凡年龄特高老者，都称为人瑞，由于德高望重常受敬重。

“那你爹呢？”

“99岁。”

“难得！难得！”县官显得异常兴奋，端详了一番这位孝顺的老儿子，又不解地问：

“那抬轿的人都哪去了？”

老儿子回答说：“是我爹要自己走着来的。”

县太爷深受震动，连忙下令让全县衙的人都去找，终于把人找到了。因天太晚，父子俩被安排在县衙里住了一夜，翌日才由县官派人送回太平山。

75岁老人陪99岁老爹步行50里路看戏的故事，很快在丰惠县城传开，县官大人亦对此大加赞赏，遂将此事报奏朝廷。事有凑巧，当朝恰有专门奖赏百岁寿民的条规:凡者寿至百岁或百岁以上者，皇族爱新觉罗氏由宗人府具奏，八旗由都统具奏，各省及直隶地方则由总督或巡抚报请礼部复核，然后由皇帝赐给“熙朝人瑞”匾牌。随后不久，朝廷的表彰圣旨下到太平山，并赐给刻有“熙朝人瑞”四个大字的牌匾一块，在牌匾的右上方刻有“圣旨”二字。牌匾为木质，长约1.7米，宽约0.8米，被挂在金家祠堂大厅的堂上。

听村里老人讲，金家祠堂大厅的堂上共有三块牌匾，面朝大堂，“立木堂”一块居中，“文魁”一块在右，左侧的一块就是“熙朝人瑞”匾。直到20世纪30年代，人们还能见到这三块牌匾，后来兵荒马乱，太平山频遭劫难，人们流离失所，这三块牌匾的下落也无人知晓了。

“恶鬼”

新中国成立前，在太平山常有神汉以治病为名行骗。

村里有个小孩叫金遥根，病得很厉害，神志不清，胡言乱语，家人认为是阴魂附体了，就从外村请来了神汉驱鬼治病。神汉看过病人后说：你家祖坟处有个恶鬼在作怪，只要请人念咒让神附体，我就可以去把那个“恶鬼”抓住解决掉。

这个神汉事先偷偷用麦粉、芝麻、糖做了个小小的像人像鬼的东西，然后把它烤焦，埋到了病人的祖坟处。可在他鬼鬼祟祟地埋这个“恶鬼”时，被远处一个放牛娃看见了，等这个神汉走后，孩子好奇，不知他埋了什么，用镰刀把黑面人挖出来了，一嗅有香味，一舔甜的，就把它吃了。小孩又在旁边拾了块同样大小的干狗屎，捏成原来的模样后埋回原处。

第二天，遥根的父母请来几个念咒语的人，香几上点上红烛。这个神汉闭目端坐，念咒的几个人念了大半个小时，这个神汉就全身抖动，抖了五六分钟后慢慢停了下来，好像神已进入他的身体，其眼神和说话的声音都不是原来的了。他手提一把生了锈的宝剑，跳上八仙桌胡乱舞了几下，又一步跳下桌，直奔村外病孩家的坟地，装模作样地开始捉“恶鬼”。他口中念念有词，挥舞着宝剑在坟地周围搜寻了一圈，最后来到他埋下黑面人的地方，用宝剑一挖，说：“恶鬼果然在此，吾神把它一口吞了。”说着一把抓住“恶鬼”，把它放进了口里，一嚼，便马上恶心地连肚子里的饭都一起呕吐出来了。这时那个放牛娃走过说：“你埋的小面人让我吃了，你吃的是我埋下的一块干狗屎。”神汉听了，羞愧得无地自容，病孩的家人听后恍然大悟，大骂神汉骗钱害人。

这件事很快在村里传开，大家有了觉悟，此后好长时间，神汉在太平山没有市场了。

揭穿鬼把戏

龙洗澡

说起太平山的水，当首推龙潭坑溪谷一脉，其悬崖飞瀑，山涧碧潭，蕴藏着灵气，流淌着神韵。而令太平山人百思不得其解的暗涨水便是从龙潭坑里面冲出来的，太平山的老人们大多亲眼目睹过，他们会有声有色地向你描述突然发生、神奇的暗涨水现象。

说到暗涨水，年近九旬的金伯九老人来了兴致，带着几分神秘的眼神看着我，慢慢地点上一支香烟，然后讲道：“我碰

到好几次暗涨水。风和日丽的溪滩上，突然从远处传来了隆隆的声音，由小到大，顷刻就从山上下来了一股大水，翻滚着浊浪，吼叫着奔腾而来，而之前并没有任何征兆，真怪了。”说

暗涨水来了

到这里，他又扭头转向坐在一旁的一位老人，感慨地说："到现在我也弄不明白到底是怎么一回事。"

70多岁的阿言哥曾经历过两次暗涨水奇观。他说，7岁那年的一天，跟着母亲到溪里洗芥菜。炎炎烈日下母亲大汗淋漓，阿言哥干脆脱去上衣，帮着母亲把洗干净的芥菜晒在溪石上。快到中午时，突然，上游传来隆隆响声。母亲是悬岩高山人，也不知道是怎么一回事，不知所措。这时在溪边田里劳作的一位老伯急忙喊道："快把小孩子抱起来，向上走，暗涨水来哉！"母亲这才回过神来。上到高处，看到上游一波黄黑色洪流奔腾而来，大水冲激溪石，溅起一朵朵灰白色的浪花，发出巨大的声响，晒在溪石上的芥菜被冲得无影无踪。阿言哥被眼前的一幕惊呆了，紧紧地搂住母亲的脖子。

大约半小时后，溪水越来越小，渐渐变清，恢复了平静。回到家里，急忙把当时的一幕向奶奶诉说，奶奶却说："傻东西，这是龙洗澡，有什么大惊小怪的。"还有一次，阿言哥跟母亲去水碓厂舂米。因为干旱，溪水很小，要等水塘蓄满水，才能开闸，让水轮转起来，可舂了没几分钟，塘里的水就没了，只得关闸，一个上午，关关开开，不知多少次。突然，上游有人喊："快开闸，暗涨水来了。"这次母亲不紧张了："今天时运真好！"说着，连忙开闸，掀着浪头的前锋顷刻到达，水轮快速转动起来，两个水碓头一上一下，有节奏地舂着，大约半小时，米全舂好了。阿言哥附着母亲的耳朵大声喊道："妈妈，今天龙又洗澡了！"1961年，龙潭坑溪谷顶上的乌洞修建了水库，暗涨水从此随之消失。然而，神奇的暗涨水现象至今仍是太平山人心中的一个谜团。

张文永智救地下党

在太平山，流传着一个家喻户晓的故事。

解放战争时期的1947年，国民党浙江保安团抓到陈家畚的一名叫陈友亮的地下共产党员，将他五花大绑带到太平山后山（即金鸡山下），把村里群众赶到现场，要当众活埋他。他们给陈友亮松开绑，让他自己挖坑。

陈友亮身材高大，是村里的民兵骨干，具有一定的对敌斗争经验。在生死关头，他沉着冷静，用体力不支的假象麻痹敌人，边刨土边寻找逃跑的机会。他趁两个保安走近查看他时，突然奋力起身，抡起锄头，把身边的两个保安打翻在地，飞速逃离。被打倒的两个保安很快从地上爬起来，边追边开枪，周围的保安队员见状也一起赶过来追堵陈友亮，情况十分危急。这时一个大水塘挡住了陈的逃路。他毫不犹豫一个大步跳下，用脚尖一点漂在水塘里的一根树干，又飞身跃起，跳上对面低洼处，沿着一条浅沟逃向村里。保安队追到水塘边，看到水塘里露出水面的一段树干，以为是陈友亮的后背，拿起枪朝树干一阵猛射。过后发现不对，他们在水塘里没有找到人，就快速向村里追去。

这时，陈友亮在枪声和保安队追赶的吆喝声中一路狂奔，跑进村里，一头撞进村民张文永家的院子里。

张文永，身高一米八几，体格强健，一升米（一斤半）吃不饱，能背300多斤柴，脾气暴躁，却为人豪爽，人称“狗哥”。

张文永听到动静，急忙从屋里出来，见到气喘吁吁的陈友亮，明白了怎么回事，一句话没说，两道目光一碰，张文永意识到应该做什么，而陈友亮从对方的眼神中，捕捉到一种信任感。张文永急中生智，快速把陈友亮领进他家的堂前屋，不由分说，命令陈友亮蹲在地上，然后从墙上取下一只竹箩将他扣在里面，把旁边的一堆和了粪便的草木灰全都堆到上面，形成一个尖顶的土堆，还觉得不放心，又在上面泼上些新鲜的粪汤。刚藏好陈友亮，几个保安队员就追到了张文永家。张文永面对穷凶极恶的敌人，十分沉着冷静，不露一点破绽。由于伪装隐蔽得十分巧妙，“骗过”了搜查的保安队员，使陈友亮逃过一次大难。

新中国成立后，陈友亮当了乡里木业社社长。他忘不了在太平山惊心动魄的一幕，经常来到张文永家里感谢救命之恩。

放牛娃读书[1]

20世纪30年代，在太平山村有个叫顺堂[2]的孩子聪明好学，村里的人见他读了三年半升到五年级（中间跳了两个学期），都夸他读书聪明，并对顺堂的父亲说，一定要坚持让他读下去。可是家中连温饱都很困难，家里心有余而力不足，小顺堂还是失学了。为此，他痛哭过几次，以后每次路过学校，听到学校里的读书声和唱歌声，就拖不动腿了，伸长着脖子往里张望。

有幸，顺堂又回到学校读书，这次更用功了。当他正在教室里聚精会神地读书时，突然有个女同学大声地叫他："顺堂！顺堂！"他被叫醒了，原来是在做梦。叫"顺堂"的不是他的女同学，而是他给放牛的那户人家的女主人。她说："天就要亮了，快去挑水。"这放牛娃只好从地板上爬起来，摸过破衣服穿上身就去挑水。等到这个女人起床时，一缸水已经挑满了，放牛娃看她有些高兴的样子，就轻声地说："我刚才正在做梦读书呢，被你叫醒了"。不料，这女人"哼"了一声，说："癞蛤蟆想吃天鹅肉，放牛娃还想读书。"小放牛娃的一肚子苦水只能往肚子里咽，期盼能有人救他出苦海。

①本文根据作者父亲金荣超《我爱读书》一文编写。

②"顺堂"为金荣超小时候的名字。

1948年金荣超与战友合影

后来，放牛娃终于真的遇上救星了。浙东来了共产党领导的新四军，成了全国十九块敌后抗日根据地之一，放牛娃参加了新四军。日军投降后，浙东部队奉命北撤到山东，1946年初，部队保送顺堂到山东省立临沂中学去读书，这下，多少年的愿望实现了。学校不但免收学费，而且还供膳宿。天下有这样的好事吗？顺堂一时有些茫然，问自己："我是否又在做梦？"这时，突然响起同学们欢快的歌声："解放区的天是明朗的天，解放区的人民好喜欢……"是啊！这是在解放区，不是在做梦。

在战争环境中，学校的学习非常艰苦，教室是无门无窗的破旧屋，一人一只小板凳，大腿当课桌。露天饭堂里，八个人围着一只黑泥瓦盆装的萝卜丝，蹲在地上吃饭，吃的是小米，偶尔吃点细粮。读书没有正式的课本，只有油印的讲稿，主要靠讲课笔记。顺堂与大多数同学一样，无自来水钢笔，只能用

金荣超（1950年）

蘸水笔蘸颜料粉泡成的“墨水”写字，冬天“墨水”结冰，就用粗钉子把冰捣碎，拿笔尖戳一块小冰，用嘴里哈出的热气融化后再写字。没有零用钱买泡墨水的颜料粉和肥皂，同学们就用课余时间编织毛线袜子和毛线背心，赚点手工费来解决。生活条件虽然艰苦，但这位实现了读书梦想的放牛娃却感到十分愉快，他用功读书，第一学期取得了初一年级第一名的好成绩，第二学期就跳到初二年级了。

1947年初，蒋介石以优势兵力重点进攻陕北和山东，学校办不下去了，顺堂与几个从部队来的同学又回部队去了前线。在部队里，战斗频繁，任务紧急，但他还是抓住点滴时间学习，不但学政治学文化，军事技术上的射击、刺杀、投弹、爆破，战术上的战斗队形，利用地形地物等军事科目，也都刻苦

金荣超（1957年）

学习。通过政治学习，始终保持清醒的头脑，在我军放弃延安和山东临沂等要地的严重形势下，始终相信共产党领导的解放战争一定会取得最后胜利，充满着乐观必胜的信心。在学习军事、政治和工作实践中，文化知识也得到不断提高。

1949年后，环境相对安定，顺堂开始运用已学到的文化知识自学马克思主义哲学。在学哲学过程中觉得自己聪明起来了，工作中的盲目性减少了。以前许多只知其然，不知其所以然的事，逐步知其所以然了，这样越学越得益，越学越爱学，并且得到了组织上重用培养。1955年3月，被组织上选调去海军院校离职学习深造，院校的三年学习，使他的理论水平大有提高，对以后的工作生活学习起到了极好的作用。三年共学了九门功课，最后参加考试，获得七门优秀，二门良好。1957年11月13日，解放军海军司令部、政治部授予他二级优秀学员称号，并颁发了

1990年金荣超作关心下一代工作报告

荣誉证书。这位放牛娃出身的军人，在组织的培养下，经过自己的努力学习，在部队里逐步成长起来。他经常深深的感慨，一个放牛娃能担当起团一级领导工作，这是党的培养，同时也是自己刻苦学习的结果。

1976年顺堂从军队转业到地方工作，于1984年离休。离休后，仍然天天学习，学时事政治，学科学文化。为什么离休后还能每天坚持学习？他说，一是国内外的形势在不断变化，不学习就会落后、纳闷、无聊；二是闲着不舒服，愿意做些社会工作。离休不久就参加了关心下一代工作小组，经常被机关、学校、工厂邀去义务讲党课，讲革命传统课，因此，促使他必须天天学习，学习已成为生活必需的精神食粮，一天不学习，生活中总觉得缺少什么，感到学习对健康有益，精神充实。他在给青少年讲革命传统时说："刻苦学习是我们党在几十年革命战争和建设实践中形成的优良传统，要活到老，学到老，刻苦学习，掌握更多的文化科学知识。只有刻苦学习，才能有效工作，人生才更有价值。"

山乡夜话

——乡情与灵感的升华

亿万年沧海桑田，造就了如诗如画的山水景观；几千年文化积淀，孕育了厚重的古村文明。保护与建设共同家园，传承与光大精神文化，是太平山人未曾停止的话题；那是山乡夜色亲朋畅怀小酌的感言；那是由一个灵感所引发的沏夜长谈；那是键盘上敲出的思乡夜曲……

太平山古村落的保护和利用

太平山古村落是祖先留给我们的历史遗产，然而我目睹的情况却不容乐观。现存老民居建筑多为土木结构。所谓“土木结构”其实就是以圆木打起框架，以没有棱角不够方正的溪石与薄砖筑墙，或是以溪石筑基，以黄土干打垒筑墙。这些古老的建筑因年代久远，缺乏维护，破损严重，其中有的已人去楼空，任其衰败；另一方面，随着人们生活质量的改善和对居住环境要求的提高，普遍存在村民拆旧建新的现象，诸多古建筑越来越多地受到现代化的冲击与破坏，命运堪忧，如不加强保护，则有可能造成无可挽回的损失。

曾有媒体报道，美国影星帕特丽夏·阿奎特和儿时邻居惊闻老房子即将拆除，立即动身，千里迢迢去看一眼曾生活的地方。作者感慨，对局外人而言，那房子不过是一种有型的物体，但对他们，却是人生的一部分，每一个人都有自己故乡的圣殿、童年的天堂。

由此推而广之，一个古老的建筑群，一座有历史的城镇，对于一部分特定人群的情感，对于历史的承载意义，也是同样的道理。随着社会的进步，历史文化遗产在社会生活中扮演着越来越重要的角色。唐山大地震不仅使我们失去了一座物质的城市，同时还摧毁了人们视觉记忆的全部基础，延续在这方土地上的生活几乎被连根拔起，导致了1976年后的新一代唐山人对故乡失忆。然而，就在几年前，一位美国摄影家把1972年偶经此地时拍摄的照片送来展出，全唐山沸腾了，许多老人泣不成声。这种对历史、文化和生活等承载体的向往与爱慕，是人类的一种精神需求、历史的记忆，不仅仅是时间和空间，它需要视觉凭证，需要细节支撑，哪怕是一房一瓦、一砖一石、一井一树。

如何保护和利用太平山古村落的题目已经摆在我们面前，在此提出几点初步的感想：

（1）宣传保持古村落特色，保护老民居的历史、文化意义，向村民宣讲古村落及老民居对于开发乡村游的实用价值，从

老民居照片

而提高广大村民保护老民居的自觉性。

（2）保护老民居要考虑居民的利益。由于古村落、古民居的保护与开发涉及广大居民的切身利益，必须把他们的要求和利益纳入保护开发计划，充分争取他们的支持和参与。

（3）赋予古民居旅游功能，在使用中保护。在不破坏古村落、古民居基本面貌的前提下，建设旅游基础设施和配套服务设施。所建新居的建筑风貌要与传统民居协调，维护古村落的整体风貌。通过对老民居的修缮改造，增加使用功能，提高使用价值，如进行自来水管道、电视、电话、网络入户改造，卫生厕所、农村能源等方面的基础设施建设，不断完善古村落电力、广播、通讯等配套设施。

（4）保护和修整鹅卵石古村街（包括街道和两边的民居）。86岁的父亲说，那条路在他小时候就是那样，估计我爷爷的爷爷小时候走的也是那条路。古村街是古老村落的浓缩与象征，是太平山古村落的重要组成部分，是一件凝聚先人智慧、沉淀沧桑历史的艺术品。作为承载太平山古老历史的物质载体，是古老太平山历史的一种符号。

（5）复原太平山水碓。水碓是体现古村落特色的一个元素，复建水碓能给山村增加一点古韵，更能成为拉动旅游的一个亮点。

（6）修复太平山宗姓祠堂。祠堂是传承文化血脉的根基，是宗族文化的物质载体，有着深厚的历史积淀，有不可替代的人文价值，是太平山古村落不可或缺的组成部分。祠堂颂扬了先祖开拓创业的精神，开山祖的牌位被立在最高处正中位子，并在宗谱中有详细记述，成为族人子孙心中的丰碑。祠堂既是缅怀、颂扬祖先的圣殿，又是族人聚会、沟通的场所。因此，修复太平山宗姓祠堂，对于弘扬传统文化，延续乡土文明具有积极的意义。

展望明天的太平山

深厚的文化底蕴，秀丽的山水风光，构成太平山社会经济发展的基本条件。周边区域社会生产力的发展和人们生活需求的改变，给太平山带来发展经济的历史机遇。我们感觉到，沉默几千年的金鸡和凤凰渐渐展开了腾飞的翅膀。

一、历史发展新时期

太平山村位于东经121° 03′、北纬为29° 46′，南面以棋盘岭、牛峰墩山峰及乌洞水库与余姚市相隔，西边以风凉石岗、金鸡山等山冈及其山岭与上虞市岭南乡相接，北面以太平山村与陈溪乡陈家岙村、巽溪村交界的山岭为界，东边以画眉山和绿树坪头等山冈及其山岭与陈溪乡的生溪村相接。现有农村住户278户，人口762人，劳动力473个。有林业用地4982亩；其中，竹林面积2300亩，板栗种植面积500亩，樱桃种植面积50亩。境内山清水秀，环境幽雅。高山幽谷间，泉水清澈，被东汉道家于吉视为圣水，取之炼丹；历代名人雅士寻求仙道，饮水养生。物产丰富，以竹、栗、茶等农副产品为主。

在改革开放大潮的推动下，村民们陆续走出大山经商、兴工、办企业、搞运输，摆脱了单纯依靠种植搞农业的发展理念，山村的经济得到不断发展。全村光毛竹种植加工一项经

太平山新居民

济收入就达100万元，比新中国成立前增加10倍多。现在，村里有80多户人家经商办企业、搞运输，走创业之路；119人常年外出务工，每人年收入多则5万至6万元，少则2万至3万元。全村已有40多辆私家轿车，50多户人家在百官、绍兴等地买了商品房。

村民姚永清一家三代的经历，就是不同时代太平山村的一个缩影。姚永清的爷爷一辈是当时太平山村最穷的，常常是吃了上顿没有下顿，甚至讨过百家饭。到他父亲这一代时，他父亲光荣参加了解放军，退伍后成家立业，养育三子三女，生活过得紧巴，但至少能吃上一日三餐。到了如今姚永清一代，日子就过得红火了，三兄弟个个有作为。他的两个弟弟，一个是乡镇领导干部，一个在百官搞运输。作为老大的他成为太平山搞工业的带头人。他于1999年依

姚永清及工厂照片

托当地资源，开起永清矿泉水厂，现在又在太平山成立了“上虞市青果园农副产品有限公司”，主营生产加工红薯、竹笋干等产品。

在新的历史时期，太平山期待以更快的发展速度实现更大的跨越！

二、设计明天①

乡村游的暴发性增长给开发太平山旅游资源带来了难得的机遇。2008年5月，浙江旅游科学研究院、上虞市风景旅游管理局和陈溪乡人民政府共同编制出了《上虞市陈溪乡旅游发展总体规划及重点地块控制性详细规划》（简称“总体规划”），这对开发和保护太平山旅游资源具有重大意义。

率先启动旅游业是陈溪乡新农村建设战略要求下的必然选择。总体规划综合陈溪乡的地形地貌、村落布局与旅游资源的空间特征，充分依托其资源与区分的组合优势，将陈溪乡旅游产业的空间结构定位为“三轴四区”。

其中“三轴”分别是：

“石笋山——虹溪——塔溪——浪撞”塔溪优先发展轴；

“陈家岙——太平山”干溪第二发展轴；

“陈溪口——小陈岙——夏家岙”陈溪第三发展轴。

太平山汽车休闲度假区是规划中的“四区”之一。它以太平山村及太平山区为核心，充分利用该区相对独立的开阔空间与优势的山林植被条件，以汽车运动休闲为主题，兼顾乡村

① 摘引自《上虞市陈溪乡旅游发展总体规划及重点地块控制性详细规划》。

农家休闲、度假、娱乐、购物等功能，融合极具现代休闲、时尚、自由、简约的旅游元素，设计开发了汽车运动野营基地、溯溪探险、山林休闲乐园、MBA户外拓展营、野营度假基地等旅游项目。

根据目前太平山村生态资源的布局特征、周边的地貌形态、旅游资源的分布特点，将其规划为五个功能区，分别为入口接待区、乡村休闲区、溯溪探险区、汽车休闲区与竹海观赏区等。

乡村休闲区——对太平山村民居进行适当修整、改造，即通过环境绿化、卫生洁化等措施提升村庄的环境质量，同时加强对村民的教育，引导他们进行民居内部的装饰，依据浙江省农办与旅游局的农家乐经营点相关标准，使其成为本区域极具虞南乡村氛围的餐饮、住宿、休闲娱乐区，具体设置若干家庭旅馆、土特产专

卖、水果采摘、乡土风情园等项目。

家庭旅馆：选择2～3家具有经营农家乐旅游积极性的农户，给予一定的资金扶持，将民居修整成家庭旅馆。内部装修应实现功能的相对完整，外墙粉饰要体现朴素的山村特色。

土特产专卖：规划在村庄原有日用商品店内设置土特产专卖点，出售太平山本地笋丝干、板栗、樱桃、黄花菜等土特产。同时，允许村民在自家出售各类土特产。

樱桃、板栗采摘：规划在村西侧山坡樱桃园与板栗林开展相应的采摘活动。

乡土风情园：凭借干溪流经太平山村的空间组合优势与临溪空地，开展极具山村风情的乡村娱乐园，和各类山村特色活动，如水车长廊、竹林机械、竹编工艺品、扫帚加工、竹筒烧饭、竹林网床、攀爬架、儿童对仗、捕鱼抓虾、翻石捉蟹等活动项目。

溯溪探险区——太平山村南侧棋盘岭溪流纵向切割深刻、沟壑深陷、溪水清澈、植被茂盛，是开展山林休憩、溯溪探险的好去处。依据溪流特征与景观资源的分布特点，设置如下旅游景点或设施项目。

峡谷溯溪:充分利用太平山区域的峡谷溪流，开展峡谷溯溪探险活动。具体来说，沿线可依次布置溯溪入口、装备检查站、溪谷挑战、急救站等。其中，溪谷挑战是指沿线布置各类极具挑战性的溯溪或跳跃峡谷的活动，比如建设单脚过独木桥、走滚木、荡绳过河、秋千过河等，以提高游客的参与性。

水上蛟龙狂欢派对：规划在汇龙潭下侧两条溪流汇合处开辟水上蛟龙狂欢派对，以吸引游客成双成对参与各类水上冒险活动，尤其是吸引青年游客参与。

户外营地：建议在三叠流泉南侧临近交界处设置户外宿营地。通过土地平整、修建宿营基地、种植驱蚊植物等方式，营造一个完全以游客自助的户外宿营区，附近专门设置烧烤点。预计占地面积约3 000平方米。

一条通往龙潭坑景区的车路已经打通

峡谷观光：自溯溪入口开始，依次为石狮迎宾、汇龙潭、九龙潭、护龙瀑、龙门壁、拇指岩、龙涎祭、三叠流泉、白龙潭、白龙瀑、珠帘瀑、百米九折淌、抱蛋瀑、涌泉瀑等自然景观。

观音堂修建中

棋盘岭古道：规划布局将原太平山通向余姚市的山间古道复原，沿途设置3～4个休憩亭，命名为“三里亭”“五里亭”与“七里亭”；亭子采用四角飞檐式结构，路面以块石铺装即可，以彰显其历

新修复的土地庙

史的久远。

汽车休闲区——汽车休闲区位于太平山南侧、棋盘岭北麓。随着私家车的普及与自驾车旅游的日益盛行，汽车旅游或汽车运动休闲的市场潜力已非常巨大。因此，本区域将充分利用良好的生态环境与空间视野，开展以汽车运动休闲为主题特色的旅游活动，使其逐步成为浙江省乃至长三角地区著名的汽车运动野营基地，具体设置露营中心、体育休闲中心、服务管理中心、MBA拓展训练营、太平山乡村俱乐部、AutoCar度假村等。

村党支部金建军书记兴奋地告诉我，总体规划给太平山带来空前的发展机遇，在乡里的领导、支持下，根据总体规划的要求，太平山村旅游开发的序幕已经拉开。我在村里看到，一条通向龙谭坑溪谷入口的车道已经打通；被废弃几十年的观音堂、土地庙也已修缮一新；为了改善环境、移风易俗，一处新式公墓刚刚建成；另外，三处公共厕所已列入修建计划，村民自办的农家乐家庭旅馆也在筹划实施中……

有理由坚信，在上虞市和陈溪乡党委、政府的领导下，在村两委的带领及村民的共同努力下，总体规划的蓝图必将在太平山变成现实。

三、学习婺源经验 启动太平山旅游开发

位于江西省东北部的婺源县，是一个典型的江南山区县。婺源不仅自然风光秀美，还有着深厚的文化底蕴，经过多年来的开发经营与精心打造，一个不知名的偏远山区县域被许多媒体誉为“中国最美的乡村”，入选为中国最美六大古镇古村之

一。2009年该县共接待游客481.6万人次，门票收入1.16亿元，旅游综合收入16.67亿元。全县农家乐发展到2000余户，户均经营净收入2万余元。

婺源县的旅游业绩让人惊叹，引起人们对其成功经验的探究。太平山与婺源有诸多相似之处，婺源的成功经验值得太平山学习借鉴。

半山上的人家

1.婺源县在旅游业发展初期，提出“放手民营，多元投入”，拿出最好的旅游产品和项目进行招商。

种地南山下

采取多元化引资策略，创新旅游开发经营模式，可以为太平山旅游开发提供启动资金，注入经营活力。例如，通过引进外资、民营股份合作、集体经营、集体与民间闲散资金相结合等招

入口接待区
土特产专卖
乡村休闲区
栗采摘
村口石刻
汽车休闲区
体育休闲中心
石狮迎宾
AUTOCAR度假别墅
峡谷溯溪
观景亭
汇龙潭
九龙潭
竹海运动区
棋盘岭古道
溯溪探险区
激情挑战
三叠流泉
乌洞宿营地
虞南天湖
0
100
200

太平山景点规划图 I

N
0
100
200
400
入口门楼
停车场
管理服务中心
家庭旅馆
土特产专卖
乡土风情园
樱桃板栗采摘
露营中心
太平山乡村俱乐部
服务管理中心
MBA拓展训练营
石狮迎宾
AUTOCAR度假别墅
峡谷溯溪
竹海穿越运动基地
观景亭
汇龙潭
九龙瀑
珠帘瀑
观景亭
雪花瀑
棋盘岭古道
护龙瀑
百米九折趟
营地
龙门瀑
救助站
龙门壁
报蛋瀑
激情挑战
龙门祭
拇指岩
白龙潭
白龙瀑
三叠流泉
乌洞宿营地
虞南天湖

太平山景点规划图Ⅱ

商引资方式，加快旅游业的开发与发展，逐步改善“吃、住、行、游、购、娱、健、学”条件。

2.如何将本土文化打造成旅游产品，婺源县给出了很好的答案。

婺源不仅自然风光秀美，还有着深厚的文化底蕴，自古有“书乡”美称。从宋代以来，婺源出了文学家朱弁、镌刻家何震、铁路工程专家詹天佑等名人。婺源县注重文化的发掘、整理和利用工作，编制婺源县名人录，开发婺源县名人故居景区，推介婺源县名人足迹旅游产品。

3.婺源县在宣传造势、品牌打造上做得非常成功。

婺源县率先打出“中国最美乡村”，抢占了市场“制高点”，接着营造宣传声势，千方百计制造轰动效应，在媒体上不断掀起婺源热，不断强化婺源县的旅游形象。

太平山与婺源不在一个层面上，但应学习婺源重视宣传的做法，可以小规模、低投入的方式，采取灵活多样的宣传手法，如：开辟太平山网站大力宣传旅游资源；举办登山探险活动、摄影比赛；印制宣传资料定向投放；在各种报刊、影视、网络等媒体刊登旅游广告；组织邀请客源市场的旅行商和媒体来考察采风，引起人们对太平山古村旅游产品的兴趣。

通过宣传发动，鼓励引导本地农民将资金投入农家乐、旅游运输、旅游商品开发等旅游项目中来，形成人人议旅游、人人搞旅游的大好局面。婺源之美，美在生态与文化的珠联壁合，美在人与自然的和谐相处，美在发展与保护的齐头并进。

4.太平山具有开发山村旅游的综合资源优势，具有鲜明的“野味、农味和文味”。

高山幽谷，潺潺溪水

“野”味是原生态的山水韵律，大自然的旷野情趣；“农”味是乡村民居、村落和田野生态；“文”味是古村的历史、传统、民俗文化。我们应该充分利用这些丰富的乡村旅游资源，借鉴婺源经验，构建太平山“野”味、“农”味、“文”味相交融的旅游格局，打造以“寻踪古老文化，探秘山水神韵”为主题定位，以“仙境古村太平山”为品牌形象，以汽车运动休闲、野营度假为龙头，以溯溪探险、农家休闲、林果采摘、竹林刨笋等项目为特色，以传统文艺、民俗风情为品位，以健康养生、现代休闲、时尚自由、低碳简约为基调的文化与生态休闲旅游胜地。

四、关于资源利用的几点思考

1.资源“稀缺性”原理的启示。

“如此美妙、险峻、幽深的景点，不展现给世人太可惜了，”探险龙潭坑后的一句感叹，从经济学的角度讲，是对资源合理配置的要求，符合资源的稀缺性原理。

稀缺的太平山生态资源

资源的稀缺性是现代微观经济学的基本命题。按照国际微观经济学“稀缺性”的核心观点，在给定的时期内，与需求相比较，其供给量是相对不足的。资源稀缺性原理要求我们以有限的相对稀缺的资源来满足无限多样的需求，用稀缺的资源去创造更多更好的需求满足。商品经营、服务贸易是这样，旅游产业的规划与开发也是如此。太平山蕴藏的丰富旅游资源，不仅具有稀缺性，有些甚至是不可复制的，用这些资源搞农林生产是一种需求的生产，而把它开发成旅游产品又是另一种需求的创造，哪一个能创造更大的需求进而产生更大的价值，是显而易见的。当然，对资源实施有效保护是旅游开发的必要前提。

如果用这一原理来研究龙潭坑溪谷资源的使用，或许可以成为教科书上的一个新案例。

2.棋盘岩复原或遗址利用方案策划。

（1）按棋盘岩原样，使用混凝土仿真工艺复原，在保持自然原貌的前提下增设必要设施。

（2）在原址修建于吉像，并适当建设配套项目，成为一个具有综合功能的新景点。

（3）修建观光塔或观光旅店等建筑物。

以上几种方案都取决于资金问题能否有效解决，因此，研讨资金筹措渠道、吸引项目投资办法是一个首要问题。

3.建设竹文化大观园。

我国原产的竹有26属共200多种，主要分布于我国南方的广大地区。自古以来，名人雅士无不赞赏竹的高风亮节。咏竹溢美之词，墨竹瘦节蛟蛇，在璀璨的文化长河中俯拾皆是。王维有“独坐幽篁里，弹琴复长啸”之句，可谓万千潇洒；扬州八怪之一的郑板桥曾咏竹道“千磨万击还坚劲，任尔东西南北风”，好竹之情溢于言表。然古今能说出“宁可食无肉，不可居无竹”的，却只东坡一人，爱竹之痴，可见一斑。苏东坡好竹，在与他同时代的文人雅士里，是人尽皆知的。竹伴其一生，是他的岁寒三友；竹溶入东坡的人生，并成其不可分割的一部分。当今时代，随着社会的进步和人们欣赏水平的提高，喜爱竹，观赏竹，赞美竹，更具有广泛的群众基础，亦成为高雅文化的象征。

竹，更是太平山的特色和优势：一是竹的面积广，品种优；二是具有竹加工工艺基础；三是形成了一定的竹文化氛围。太平山可借助已有的基础条件，利用科研单位或投资商的力量，划定一个区域，通过培育改良原有竹种，大量引进栽种新竹种，建设一个竹子栽培科研基地，从而更好地收集、保护优良竹种,有利于竹子栽植、培育技术的示范推广以及病虫害防治技术研究等，从而推动竹产业的健康发展。在此基础上，通

过不断发展，逐步建设竹类植物园、丰产培育示范园、观赏竹种繁育示范区、竹子科技培训中心等项目，进而在太平山一处形成竹文化大观园，使之成为一处集百种修竹于一地、汇千姿竹韵于一园的新景点。

4.举办太平山竹笋节的设想。

HB理念要求旅游产品的供给商，不能总是处在被动适应的地位，而是要引导消费、创造消费，以可持续发展理念为指导，以市场为先导，以效益为准则，根据当地资源的特点，扬长避短，合理地设计适合本地情况的旅游产品。

按照这一要求，根据太平山竹笋资源的优势，完全有条件设计打造一个以“太平山竹笋节”为主题，以“刨、吃、住”为一体的农家乐旅游项目。

“刨”——游客们以村民家庭为依托，组成一个活动单位，由家庭主人带到自家山上去刨挖山笋，体验笋农的挖笋乐趣。

“吃”——是竹笋节的另一个亮点，在村民的家庭旅馆里，品尝用自己的劳动成果做成的竹笋宴大餐，更是别有一番情趣。竹笋既是美味佳肴，也是健康食品。竹笋含有丰富的植物蛋白和膳食纤维，胡萝卜素，维生素B、C、E及钙、磷、铁等人体必需的营养成分，是一种低脂肪、低糖、低热量的食材，还有吸附脂肪、促进食物发酵、助消化的功效。竹笋宴最具特色的菜品有油焖笋块、芥菜炖鲜笋（用农家肥种植的山地芥菜腌制成的咸芥菜与鲜笋块炖制）、水煮笋、冬笋丝炒年糕条、笋丝干扣肉、竹笋炖肉、燕笋汤（燕笋是春天生长的一种筷子粗细小竹笋，用刚采的鲜笋做汤鲜美爽口）等。吃不了的鲜笋和笋丝

刨笋示范

挑笋

干、腌笋，可以合理的价格让游客带走。

“住”——住在农家乐家庭旅馆，尽享田园生活的乐趣，还可以根据游客的不同兴趣，添加更多住下后的生活内容，可以寻访古村民居，了解文化风俗；也可以爬山赏景，深谷探险。

如能办成这样一个竹笋节，定会使游客兴趣盎然，流连忘返，尽享田园生活乐趣。

5.登巽溪口有感。

巽溪口茶山

巽溪口是村东面山上的一个山口，一个托起太阳的地方，一块超凡脱俗的宝地。

2011年清明，万里无云，春意融融，登临巽溪口，豁然开朗，举目远眺，天外有天，山外有山，令人心旷神怡，遐想连篇。北山坡上的茶山绿海，横看，如大海的波浪，一浪浪高低起伏；纵观，似一条条绿色长龙，蜿蜒曲折，无法抗拒的赏心悦目，无以复制的唯美生态！

茶山是巽溪口景点的一大特色。茶山承包人、制茶高手王松茂告诉我，巽溪口茶山海拔500多米，总面积85亩，年产茗茶1000斤。高山的气候和清新的空气加上专业的管理，产出优质的高山云雾茶，其芽叶细嫩、色泽翠绿，带着一股淡淡的清香，一丝兰花的幽香，飘出山外，屡获好评，曾经多次被上虞市茶叶协会评为“一类名茶”。然而，茶叶虽好，经营却十分艰难。经了解，主要问题是交通不便、用工费太高、因采摘晚好茶卖不上好价。

优美的景点少有人去，上好的茶叶山难以经营，实在是令人扼腕叹息，不免又生出些纸上谈兵的冲动。

（1）巽溪口景点应引入茶文化概念，把“观茶山、品茶

茶山

香、论茶道”作为重要元素，使赏景与品茶、论茶道与卖茶叶有机结合起来。在巽溪口茶山下，可建设一处高山品茶亭之类的设施。

（2）争取资金修建上山道路，改善交通。修通上山道路不但有利于茶山与景点，还可改善与巽溪村的交通，并将太平山景区与巽溪生态休闲区连成一片。

（3）借助太平山的影响，申请注册“太平山云绿”为巽溪口茶山的茶叶商标，同时加强产品优势的宣传推广，不断扩大“太平山云绿”的知名度和影响力。

制茶高手王松茂

神奇
众星捧月
『流血』岩壁

龍潭坑

七彩光环

另一种生存方式

珍珠流泉

民间传统文艺的传承与发展

一、寻访太平山传统文艺

太平山始终活跃着一支群众文艺队伍，是“上虞市文化体育先进村”。早在清朝年间就有“舞龙”“十番”“大拷”①等系列民间文化，从早期表现乡土文化的越剧（曾称小歌班、的笃班、绍兴文戏）、绍剧、20世纪六七十年代的“样板戏”，到现在舞龙队、腰鼓队、民间吹打乐队、演唱队等众多自编自演、自娱自乐的各种文艺节目，有一支乡间文化的编导演出队伍。

说起太平山的文艺队伍，村支书金建军如数家珍地介绍起来：

舞龙——太平山村的舞龙队在陈溪乡小有名气，每逢市、乡两级元宵节、春节、大型踩街活动等，都少不了太平山村的舞龙队。2008年8月26日的上虞日报曾有这样一段报道：“陈溪太平山村舞龙队的20多位老人高兴地扎起头巾，穿上金黄色服装，在村操场上摆开了舞龙阵势。随着锣鼓声的响起，老人

① 十番，是中华民族乐曲中一种优秀的传统乐种，是打击乐与管弦乐为一体的变响音乐。分为锣、鼓、钹、铃等打击乐器和管弦乐器两大类。大拷是一种打击吹奏表演，主要乐器是大锣和一种直管长喇叭，声势较大。

们个个精神抖擞，健步如飞，巨龙在他们手上时而腾空而起，时而低首沉吟，令人目不暇接，拍手叫好。”现年77岁的金理顺老人不仅舞得一手好龙，而且还会做篾龙头。老年舞龙队让民间文化光彩重生，一个失传多年的民间艺术再续前缘。

腰鼓——腰鼓队在太平山已有很长历史了，以前是老年腰鼓队，现在由12名年轻人组成的腰鼓队接过了这根“接力棒”。说起这个腰鼓队，村民都会竖起大拇指：了不起！太平山村的经济支柱是“候鸟型”的外出打工队伍，凡是青壮年大多外出打工，而到大年三十前后，都陆续回家过年。每当青壮年劳力外出打工，在家的妇女便自发组织起腰鼓队，不仅自娱自乐，而且还专场演出，慰问在外辛劳一年的亲人。腰鼓队领队、现年40多岁的村妇女主任陈益明介绍，腰鼓队经常为村民义务演出，不少村民说“看看腰鼓队，心花朵朵开”。她们除了村里的村落文化节要演出，还要到乡里的春节联欢晚会上亮相！

演唱——村里

演唱队的几个“名角”颇有人气，张新尧的京剧，金建娥的越剧，王会娥的莲花落……村民们听着广播里传来的熟悉唱腔，都会评头品足一番。为了提高演唱水平，演唱队员们苦练基本功。每当绍兴电视台的“莲花剧场”开播，队员们都要认真地跟着学唱。演唱队的刻苦学习精神，感动了到太平山的上虞市乡村采风团的所有成员，国家二级演员吴宝炎当即承诺，如果村民有兴趣学唱莲花落，他可以收“弟子”。

吹打乐——吹打乐队也是由村里老年人组成的，年龄最大的是今年80岁的金国祥，年龄最小的也已60挂零。金国祥不仅能敲打各类乐器，而且还能吹梅花，是队里的台柱子。队员们平时经常聚在村老年活动室里吹打演练、切磋技艺，既自娱自乐，又提高水平，给古老山村增添了生机活力。

吹打乐队台柱子金国祥老人

高跷——高跷是具有

一定难度的杂技表演节目。太平山最早的高跷队要上溯到“民国”初年，是大泽乡（今陈溪乡）唯一的一支高跷队。每年四五月间通泽大庙庙会时，太平山高跷队随大庙菩萨出巡的队伍周游各村，是个十分受人喜爱的节目。

踩高跷者扮着古装戏里的不同角色，如“水漫金山”“桃园三结义”等，在专人的护卫下，脚踏高跷，走村串巷，表演着逗人欢笑的各种动作。每到一村较为宽广的平地时，就开始表演节目：高跷队敲起激昂的锣鼓，开始“盘阵”，变换各种队形，表演高难度的惊险动作，如跳步、抬人、滚烫叉、扔水碗等，十分刺激，赢得观众阵阵喝彩声。踩高跷是在太平山流传百年的一个拿手节目。然而，2010年，村里最后一位高跷艺人金国松老人去世后了，太平山面临高跷技艺失传的挑战。

二、对话传统文艺的传承与发展

农村的传统文艺如何在新形势下传承下去、发展起来，成为我思考的一个问题。正巧，前几天我的手机接到一条组织部门发来的短信，讲的是中央办公厅、国务院办公厅印发了《关于进一步加强新形势下农村精神文明建设工作的意见》（下简称《意见》），指出要丰富广大农民的精神文化生活，广泛开展各种形式的群众文化活动，利用重要传统节日开展

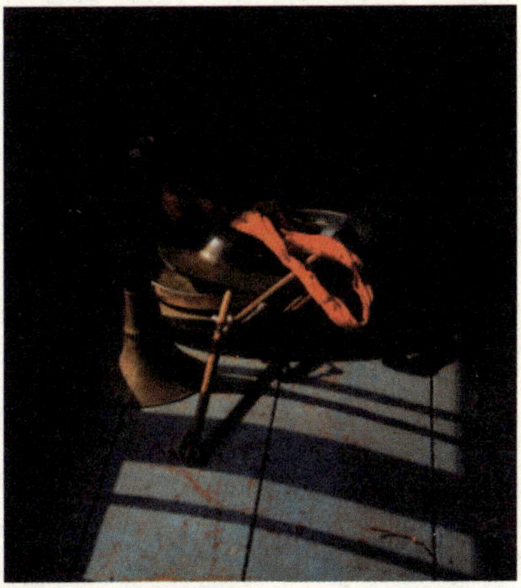

节日民俗、文化娱乐活动，结合文明村镇、文明户创建实际，发展农村特色文化，要求实施乡土文化品牌战略，培养农村文化能人、文化经纪人，培育有品牌、有市场的农村文化企业，打造有影响力的文化名镇、名村。我又从网上搜到这个《意见》认真地学习了一番，受益匪浅。

社会主义新农村建设包括农村精神文明建设，而农村的群众文化活动是农村精神文明建设的一项重要内容，中办、国办的《意见》给太平山发展农村传统文艺指明了方向。根据《意见》精神，结合太平山实际，我们可否从如下几点做一些探讨：

（1）发展太平山群众文化活动，应该突出太平山当地的乡土文化特色，创出独具优势的乡土文化产品，充分利用太平山丰富的历史人文资源与深厚的传统文化底蕴，开展群众喜闻乐见的文化活动，逐步打造太平山文艺品牌。开阔文艺题材视野，从太平山民间故事，革命战争年代发生在太平山的可歌可泣的故事，到太平山自改革开放以来涌现出来的新人新事都可以搬上舞台。

（2）发展太平山群众文化活动，既要继承太平山的传统文化，又要与时俱进，不断创新内容和形式，保持旺盛的生机和活力。以太平山现有的文艺为基础，积极引入文化经纪人机制，把舞台逐步向周边村寨、周边乡镇延伸，以企业化经营推动太平山传统文艺的发展壮大，同时注重队伍建设，吸收新生力量，培养文艺骨干。

（3）发展太平山群众文化活动，应与发展太平山乡村旅游事业相结合，使之成为乡村游的一个文化产品。

《家书中的家教秘诀》

自从2009年12月我的《家书中的家教秘诀——金荣超教子录》一书出版发行后，就开始了我与读者、记者以及亲朋之间关于这本书的对话。

我的父亲

我的父亲是一名共和国的老兵，他参加了中国共产党领导的抗日战争和解放战争，荣获中国人民解放军解放奖章和淮海战役纪念章。曾两次受到开国领袖毛泽东主席的接见。在军队曾担任政治指导员、副政委、政委等职务。1977年由海军转业到地方工作，先后担任上虞棉纺厂党委副书记、上虞市水产局局长和上虞市人大常委办公室主任等职务。

我的父亲金荣超

在家庭里，父亲是我

们兄妹的良师益友。他重视对子女的政治思想教育，注重与子女的思想沟通，采取互动教子的方法，通过身教与言教，从小教育子女如何做人、如何做事、如何生活。

在社会上，父亲是关心下一代工作的积极分子，特别是离休后二十年，为机关、企事业单位、学校讲党课或革命传统报告230场次，听众达76000人次；三次被浙江省授予先进个人荣誉证书。先后获上虞市和绍兴市首届“十佳市民”荣誉称号。

200多封教子家书

家书是亲人间沟通的产物。到现在为止，我与父亲生活在一起的时间只有14年，与母亲在一起的时间是18年。在这30多年与父母两地分居的时间里，主要是靠书信交流的。对于父母亲的来信，我很珍惜，绝大部分都保留下来了，有200多封，几十年几次搬家都没有弄丢，一直珍藏在家中。当时只是觉得

200多封教子家书

很有价值，有纪念意义。而几十年后的今天再打开一封封已发黄的书信手稿，更觉弥足珍贵。苍劲笔锋，凿凿言辞，字里行间，我看到了伟大的父爱，看到了自己成长进步的足迹。

回忆与思考的力量，使得万千思绪涌上心头。我感怀着，激动着……于是我就想把父亲的书信分类整理、编印成书，便于自己阅读学习，吸取精神营养；也便于依书追忆，回首往事，寻找、探究生命历程中值得回味的事情和感受，更主要的是希望能对后代的教育有所帮助，为社会在教育子女方面提供一点素材。经整理清点，共有227封。从中选出58封，分为“思想作风”（12封）“工作学习”（20封）和“婚姻家庭”（26封）三部分。虽带有时代印记和局限，但我还是原样收入到了书中。父亲常被邀请到一些单位去讲传统、理想、爱国主义等思想教育课，特别是离休后的20年时间里，更是忙得不可开交。但保留下来的讲稿不多，我从中选取有代表性的四篇，冠名为“教子理念篇”， 作为本书第四部分。父亲闪光的人生历程，是留给后代的一本人生教科书。从中，我们汲取了养分，收获了成长，让我们回味，使我们眷念。父亲始终是我们兄妹学习的楷模，从而成了我们奋进的力量。我把《金荣超回忆录》作了删减，以“楷模身教篇”为题收入本书。

在近两年的整理编写过程中，我始终被伟大的父爱、父心、父训深深地感染着，激动着，在与几十年前的时空对话中，一种发自心灵深处无法控制的情怀不断地迸发出来，我把它记录了下来。写成了我的感言、感恩和感怀，这也成为这本书的有机组成部分。

教子方法

深深的爱子之情是他坚持不懈育子教子的原动力。父亲1980年的一封信里说到了这一点：“我写信时给你写这些内容，其动力来自父子感情，总希望你工作顺利更顺利，尽量少走弯路。同时我两袖清风，家中无甚东西好传给下一代，只有这种不值钱的思想和作风与你说说罢了。”

父亲特殊的生活工作经历，特别是30多年的军旅生涯，造就了他特有的世界观、人生观、价值观以及思想作风和家风，这是形成教子思想的基本来源；而父亲几十年人民解放军政治思想工作的资历为他积累了教子的经验和方法。父亲十分重视了解掌握子女的思想，注重思想交流，在交流中教子，在教子中交流，形成了独

《家书中的家教秘诀》上柜

特的互动教子法。这是一种“父心、父爱、父训”与“感动、心动、行动”的互动，是情感的交流、心灵的互动，是思想的萌动、现实的行动。这种交流互动在父与子两地分居的三十几年间，一直延续着，升华着。

为了使信的内容有针对性，达到好的教育效果，父亲为给我们写信付出了大量的心血。1977年6月30日的信中写道：“你们写来的信，我都看三四遍，到写回信时还要反复看……我和你们一样都很忙，写封信也很不易，这封信我放放写写，写写放放，已写了六七次才写完。”因此，父亲的来信，是用饱蘸爱心的笔写就的，总是具有很强的针对性、充分的说服力，有的就像思想教育课讲稿，有的又像一篇逻辑性很强的论说文……

父亲的书信是言教，但我认为对我产生更大影响的是父亲的身教，并且通过身教，使言教更有了说服力、影响力。父亲在部队四次立功受奖；转业到地方工作后，先后被上虞市和绍兴市评为首届精神文明十佳市民，受到省、市、县各级党政机关的表彰奖励三十余次。《金荣超回忆录》展示了父亲大半生的人生历程和思想轨迹，从中也使我更深入地理解了父亲教子的思想基础和精神源泉。兄妹三人的成长经历证明父亲对子女的言教和身教是成功的。我们三人没有惊天动地的壮举，却都在脚踏实地地一步步迈向成功的彼岸。我们深深地感谢父母赋予了我们生命，更感激父母以方式不同的爱哺育我们健康成长。

后续反响

《家书中的家教秘诀——金荣超教子录》一书出版发行后，受到读者喜爱和有识者的好评，得到新闻媒体的肯定与报道，上虞电视台连续两次采访并专题报道父亲教子和关心下一代的先进事迹，绍兴市电视台、绍兴市和上虞市的报纸也对此作了专题报道。绍兴市《天天商报》以“‘曾国藩教子家书’在绍兴上虞有现代版”为题作了报道。

附《曾国藩教子家书》在绍兴上虞有现代版[1]

这些天，一本《家书中的家教秘诀》在上虞上柜，让今年85岁的上虞离休干部金荣超成为新闻人物。

这本27万多字、由中国海洋大学出版社出版的书，作者系金荣超的长子，现年54岁、任青岛环太经济合作有限公司董事长兼总经理的金钢。此书被人民日报社高级编辑卢继传称为“一份珍贵的家教精神财富”。

此前，金荣超的次子、现年50岁、现任绍兴县委政法委副书记的金强编著了闻名绍兴的《反腐镜鉴录》，已再版4次。

“我的两个儿子，原来只有初中文化，能够出这两本书不简单！”昨天下午，在上虞横街西园的住所，金荣超开门见山地对记者说，“我经常给孩子们说，我写家书，动力来自父子感情，总希望你们工作顺利更顺利，尽量少走弯路。家中无甚东西传给下一代，只有思想和作风要传承。”

儿子著书整理父亲的金玉良言

“父亲几十年来对我们兄妹3人的教育训导，有口头的、

①本文由记者范文忠采写的报道登载于2010年7月26日绍兴《天天商报》新闻综合版。

在谢塘中学讲课

有书面的，它是我们心灵深处的宝藏。”金钢说，“父亲的书信共有227封，这次从中选出58封，分3部分整理成册。”

在金钢印像中，虽然不能经常留在父亲身边，但父亲的话依然会给他的行动指明方向。金钢举了个例子，那是1975年5月，他报名到山东省海阳县南丁村插队，临行前一天父亲送给他一个本子，写着“父亲的赠言”，主要内容包括做一切事不能靠空想、幻想，要从实际出发，实事求是……

要想到“锻炼”两字，就是像一块铁在熔炉里炼，千锤百炼，才成钢……由于牢记父亲的赠言，金钢表现出色，首批回城就业。

1977年初，金荣超从部队转业至上虞。儿子金钢金强兄弟俩仍留在青岛工作，金荣超“临别的嘱咐”让他俩觉得父亲就在身边。“临别的嘱咐”写道：“在离开父母独立生活的头3年，要特别注意养成好的作风与习惯……要学习学习再学习。年轻人一定要好学上进，否则将成为糊涂人、无用人……反对晚上吹牛有牛劲，早晨懒起误事情。”

在金钢、金强兄弟相继走上领导岗位后，金老及时写信提醒兄弟俩“权力是柄双刃剑，干部要经得起考验”，并列举了许多反面例子。不仅如此，金老还再三叮嘱他们务必看反腐片《生死抉择》，金老的家书对兄弟俩产生了深刻影响。

父亲除了教儿子还教别人

1925年4月出生在上虞陈溪乡太平山村的金荣超，1945年加入新四军，1948年参加中国共产党；参加了抗日战争和解放战争，荣获中国人民解放军解放奖章和淮海战役纪念章。

“当时是大炼钢铁时期，长子呱呱落地，所以取名叫金钢。次子取名叫金强，三女取名叫金芳。”金荣超透露，如今金钢已取得研究生学历，创出山东省同行业政府认定颁发的名牌；金强去年被授予“绍兴市学习之星”荣誉称号；而金芳毕业于浙江医科大学，现在是上虞市人民医院呼吸科主任。

1985年12月底，上虞县老干部局成立了离休干部关心下一代工作小组，金荣超担任组长。为了教育好下一代，金荣超认真总结入党50多年来的心得体会，撰写了10万多字的革命传统教育材料，不顾自己年事已高，顶酷暑，冒严寒，深入机关、学校、企事业单位和社区居委，几乎跑遍了上虞的山山水水。

短短20年，金荣超为机关、企事业单位和学校讲党课或作革命传统报告230场次，听众达7.6万人次，受到社会各界和广大青少年学生的欢迎和好评。由于金荣超的突出贡献，他的事迹曾被评为上虞市“十佳好事”，他荣获绍兴市“首届十佳市民”称号，并被省关工委授予“关心下一代先进个人”荣誉称号。

千年文化孕育太平山精神

山的博大，水的灵气，千年文化的积淀，优良民风的传承，孕育了淳朴厚德、坚忍顽强和求知好学的太平山精神。

山乡古村养成淳朴厚德

淳朴善良的道德情操已经溶入每个太平山人的血液中，成为太平山的风尚。村民金孝元模范恪守家庭美德，十几年如一日，无微不至地照顾瘫痪在床的妻子的事迹，感动太平山，扬名全上虞，2008年获上虞市精神文明建设委员会授予的“感动上虞——十大道德模范”提名奖，是太平山道德文明的典型代表。

尊老爱老的孝德文化在太平山有着传统的影响。在清朝年间，70多岁的老儿子带着90多岁的老爹到县城看戏，被皇帝赐给“熙朝人瑞”牌匾的故事深深地影响后人。而对老人不尊不孝的行为，在太平山没有滋生的土壤。曾听老辈讲，“民国”初年的时候，村里一名女子因虐待长辈触犯众怒，族长行施家法，将其游街吊打，责令向长辈认错。太平山的老年工作走在当地的前面，村里为老年人建立了活动室，通过组织文艺、体育、旅游等活动为他们搭建起自娱自乐和自学的平台，尊老爱老蔚然成风。

诚实待人、乐于助人、乐善好施是太平山人为人处世的基本原则。太平山千年文化的传承，使乡土文明和乡土礼仪被保

留了下来，对外人热情好客，豪爽豁达；要修建公用设施时，对需资助的困难乡亲，很多村里人都会慷慨解囊。一些在外打拼的人，时刻不忘乡亲，经常给村里捐款捐物。

在民族存亡的紧急关头，太平山人不畏艰险、挺身而出。

在抗日战争和解放战争时期，一批批年轻的太平山人踊跃参军、入党，投身于人民革命的洪流中，为中国革命的胜利作出了贡献。其中，有三人在战场上献出了生命①。

革命烈士金京利，1919年出生，1945年入伍，1947年在山东藤县战斗中英勇牺牲，生前为中国人民解放军第三野战军20

①金京利、金成林、金国富已被载入1989年版《上虞县志》“烈士英名录”。

军29团战士；

特等功臣金成林，1917年4月出生，1945年入伍，1950年11月30日在朝鲜高顺战役中英勇牺牲，生前为中国人民志愿军20军侦察兵；

一等功臣金国富，1923年12月出生，1945年入伍，1951年4月25日在朝鲜江口洞战役中英勇牺牲，生前为中国人民志愿军20军60师排长。

在太平山，我听到这样一个真实故事：解放战争时期的1947年，国民党浙江保安团抓到陈家岙的一名叫陈友亮的地下共产党员，押到太平山要当众活埋，陈友亮在挖坑时乘机逃跑，就在敌人紧追不舍的千钧一发时刻，村民张文永临危不惧，机智相救，使陈友亮虎口脱险[①]。

我为陈友亮的智勇叫好，被张文永的挺身救人感动，因张文永已经去世，我找到不少村里一些上年纪的人了解情况。提起张文永，村民们纷纷赞扬他是个好人，做过很多好事。金国祥老人激动地告诉我，有一年，他带着6岁的儿子到水碓舂年糕，就在水碓头高高举起时，正在玩耍的儿子不慎滑进了石捣臼里。在千钧一发时刻，正在干活的张文永一个箭步上去，竟然用手托住了将要落下的十分沉重的水碓头，救了他儿子一命。村党支部书记金建军告诉我，张文永一共救过三个人。他说，村里有个叫金建初的人，也被张文永救过命。20世纪60年代，建初七八岁时，掉进了村北黄泥滩那边的一个水塘里，正在自家自留地劳作的张文永听到呼救声，跳进水里救起了小建初。

①详见本书“民间故事——张文永智救地下党”。

高山峻岭上练就的坚忍、顽强

太平山人的坚忍和顽强，表现在他们具有惊人的吃苦耐劳精神。

祖祖辈辈生长在太平山里的人们似乎天生一副铁骨的身躯，钢筋的意志。小时候我经常看到，男人们能把一担200多斤重的条石一口气从山上挑回来，过去造房子用的大树段，两三个人吭哧吭哧就从山上扛下来了；女人们也不示弱，常常与男人干同样的力气活，她们说笑着，把满满一担湿漉漉的猪粪挑起来就走。我还清楚地记得，外公经常讲起他年轻时开纸厂挑纸的事。他说，凌晨两三点钟就要起床，每人挑着四块纸（每块35斤）翻山越岭到50里外的丰惠县城去卖，实在是苦得不得了啊！过去在太平山，还有专门以挑担为生的人，人称“挑脚佬”。他们起五更，落半夜，长年挑着重担翻山越岭，把山货挑进城，再把城里的日用品挑回……

2010年回太平山，我采访了几位当年参加乌洞水库（南天湖）修建的老人，了解到水库建设的上千吨物资都是村民们背上去或挑上去的。我至今难以想象，在崎岖陡峭的山路上背着100斤重的水泥，用4个小时的时间登上500多米高的山

王寿江

顶工地，需要付出怎样的忍耐呢？

太平山人的坚忍和顽强还表现在不怕艰难曲折、不达目的誓不罢休的性格。

村民王寿江是走出大山创业的成功者。20世纪80年代高中毕业后，在创业的道路上历经艰难，曾摸爬滚打于几个行业，却始终没有成功。但他没有退缩，把过去的失败看成是一种磨炼，不断总结经验、吸取教训、考察市场，寻找新的创业途径。经过充分的前期准备，2001年，他成立了工程队，承包水电安装工程，精心施工，诚信经营，业务逐年发展，事业越做越大，现在同时在三个大型工地承接安装项目，员工队伍发展到100多人。

太平山有一个叫金勇的部队转业干部，1997年被分配到绍兴的法院工作。他在部队是搞导弹指挥专业的，面对全新的工作环境，为了尽快适应新的工作，他努力学习法律专业知识，先后获得法律专业的大专、本科文凭；2005年报名参加国家司法考试，在紧张的备考学习中，由于体力透支过大，引发突发性耳聋和斑秃症。他尽管耳朵学聋了（后住院15天治愈），头发和眉毛学掉了，还是坚持学习，终于以较好的成绩一次通过了国家司法考试。2007年，他被提拔为基层法庭副庭长。现任法院执行庭长。

金勇

文化血脉中蕴含着求知好学的精神

太平山源远流长的文化，滋润着太平山人的心灵，培育了求知好学的精神。

我的父亲自小好学。1991年7月，父亲写了《我爱读书》一文发表于上虞县新四军研究会会刊（纪念中国共产党建党七十周年专刊）上。该文讲述了一个太平山人艰难曲折的求学经历和永不消退的求知欲望，是诠释求知好学的太平山精神的生动事例。

我的弟弟金强，两岁开始就在太平山与爷爷奶奶生活在一起，11岁离开太平山。他读书时，赶上十年“文革”，学习的氛围和条件都相对较为缺乏，金强却不同寻常，似乎骨子里就有好学的精神。1971年我祖母去世了，父亲带着我们兄妹三人回青岛时，我看到他是带着对太平山的深深不舍离开的。好多东西都没法带走，学习用品却一样也没有落下，其中有一块缺了一角的砚台，他坚持要带，最后是装在大

金强

衣口袋里带到青岛的。在青岛上学期间，他对诗歌散文产生了浓厚的兴趣。参加工作几十年来，他一直以超强的毅力坚持学习，不断进步，担任当地检察院领导，后主持党委政法委工作。他编著的《反腐镜鉴录》于2005年3月出版，已再版四次；主编的《平安的足迹》，在浙江省维稳工作会议上推广；探索总结基层维稳经验和“大调解”的做法先后被中央维稳办、法制日报和新华社整体推介。2006年4月，金强被杭州出版社出版的《越中名人谱》作为名人收入其中。2007年4月，他被绍兴县委评为“十佳学习型干部”，列第一佳。2009年，他被授予“绍兴市学习之星”荣誉称号。

弟弟的学习素养像是先天带来的，但我更相信是太平山文化血脉的传承，是太平山精神的体现，是家族的熏陶和影响。

太平山的后代传承了求知好学的精神。新中国成立后，太平山已经出了80多个大学生。自改革开放以来，读书好的孩子越来越多，每年都有多人考上大学，其中不乏中国人民大学、同济大学、华东理工大学等著名院校的学生。去年，从太平山读书出去的金圣泉同学被美国麻省理工学院录取为博士研究生。

金婚的赞美①

——献给结婚50周年的父母亲

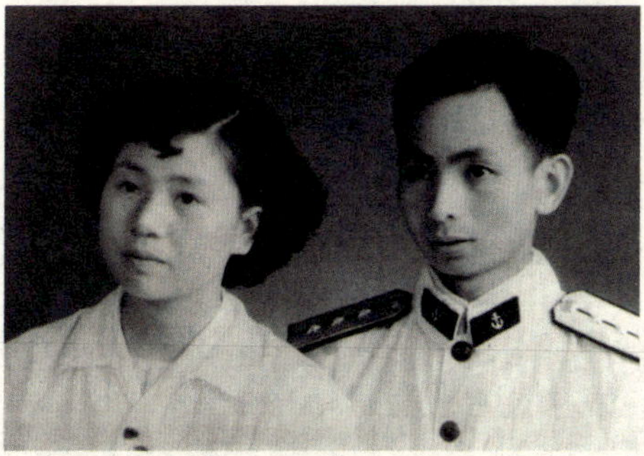
1955年作者父母结婚照

今年是一个特殊的年份：我们父亲的八十大寿，也是父母的金婚之年。这两个时间，是我们兄妹三人走进这多彩世界、体味幸福人生的最直接的渊源。在这特殊的年份，作为亲生儿女，我们由衷地感激父母的养育之恩，同时也真切地感悟到父母的金婚之美。

金婚之美，美在千里之缘

时光回转到半个世纪前的1954年——在浙江省上虞县陈溪乡太平山村。离家十多年的海军军官金荣超第一次回家探亲，经村干部介绍与本村姑娘金吉弟相识。军官29岁，英姿勃发，周身散发着战火洗礼过的军人气息；姑娘22岁，美丽，善良，

①本文由金钢兄妹三人作于2005年10月。

能干，远近闻名。年轻的军官和美丽的姑娘一见如故，彼此都留下了美好印象。

军官回到青岛后，“内心感到无比充实”，与姑娘每星期一次书信传情，互表爱慕之情。

而姑娘这边却遇到阻力，家人不愿她远嫁北国他乡。可这时，天各一方的有情人的心早已连在了一起。经过缜密筹划和准备，在一位亲戚的帮助下，从未出过远门的姑娘只身离开家乡，辗转上海，历尽艰难，终于在青岛与心上人相会。有情人终成眷属，一段跨越半个世纪的美满姻缘就此诞生。

这年轻的军官和美丽的姑娘，便是后来生育了我们兄妹三人的父亲和母亲。

2005年作者父母金婚照

金婚之美，美在金婚之人

父亲出生于一个贫苦农民家庭，共有兄妹六人，其他五个兄妹相继冻饿病死。父亲十几岁时因生活所迫，只身离家寻找生路，几经周折，终于找到了一条光明的道路——加入了共产党领导的新四军。父亲先后参加了抗日战争和解放战争，曾荣获中国人民解放军解放奖章。新中国成立后长期在部队和地方任职，即使在离休以后仍发挥余热，致力于革命传统教育，74岁时被评为绍兴市首届精神文明十佳市民，78岁时第三次被评为浙江省关心下一代先进个人。父亲对国家和社会的贡献还体现在对家人特别是对我们兄妹的教育和影响上。父亲教育子女的做法曾被父母同事和周围邻居传为佳话。

兄妹三人在父母金婚庆典上朗诵《金婚的赞美》

母亲是兄妹中的大姐，11岁时就没了妈妈。家庭环境使她从小养成吃苦耐劳、宽宏大度和关心他人的优良品德。解放初期，母亲还很年轻，她积极上进，勤奋工作，不久便担任了副乡长，还被选为县人民代表。母亲性格温和善良、上进心强，但为了爱情，毅然冲破阻力，放弃热爱的工作，随父亲到遥远的北国青岛。此后，母亲在语言差别大、生活不习惯的北方城市一边工作，一边照顾丈夫，养育子女。母亲不管到哪里，都热情诚恳、乐于助人，留下一致的好口碑。1957年，母亲出席青岛市妇女建设社会主义积极分子代表大会，获荣誉奖章。她还多次受到工作单位和当地政府的表彰奖励。母亲的优秀品质，深深地影响和感染了我们。

金婚之美，美在深深的父爱和母爱

我们知道，如今我们兄妹三人能事业有成，最根本的是因为我们具备了立身处世的基本要素：正直、善良、忠诚、求知，以及对事业的孜孜以求和工作中的废寝忘食；而我们的这些品行，与父母亲几十年来的长期教育影响有着最直接的关系；而且，这种言传身教已经影响到了第三代身上，他（她）们也在沐浴新时代的阳光、吸收来自长辈的有益养分。

在父母结婚50周年之际，我们深深地感谢父母赋予了我们生命，更感激父母以方式不同的爱哺育我们健康成长。

有一首诗，就像是我们兄妹的心声：

母爱里有催眠曲，使我觉香梦甜；

父爱里却有训斥声，使我不敢消闲。

母爱里有小香槟，使我身舒心欢；

父爱里却有烈性酒，使我胆气冲天。

母爱像习习柔风，轻轻抚我双肩；

父爱却像呼啸的劲风，鼓我心上的征帆。

母爱像涓涓细流，点滴润我心田；

父爱却像轰鸣的瀑布，激我心中的狂澜。

母爱里有大地的温情；父爱里却有苍天的尊严。

我们的父母亲，正是以诗中的方式爱着我们。

在这特殊的年份，我们兄妹三人与我们的家人衷心祝愿集80年艰辛与辉煌于一身的父亲健康长寿！同时，我们也把这祝福献给“心中只有父亲和我们兄妹、唯独没有自己”，同父亲50年相濡以沫的伟大母亲！

太平山大事记

1. 春秋时期，方士计然带徒弟范蠡、灵姑浮在太平山隐修、炼丹、弈棋。

2. 东汉末年，于吉在太平山棋盘岩建石屋炼丹并著书《太平经》。

3. 齐永明庚午年（公元490），杜京灿在太平山开馆聚徒授业。陶弘景启假东引浙越，到太平山拜谒居士杜京灿。

4. 唐朝孔稚圭游太平山，写下《游太平山》诗。

5. 1941年5月21日，日伪军约300人分水陆两路进袭百官。23日晚，日伪军从百官出发进袭县城丰惠镇，次日晨攻占丰惠，“民国”县政府人员退至下官，又退至太平山。

6. 1941年12月30日，日军进攻“民国”县政府驻地太平山，对太平山实行烧杀抢掠。

7. 1944年，浙东游击队驻在梁弄时，太平山村成立民兵组织，有5位同志加入了中国共产党。

8. 1945年6月，村里民兵配合部队参加了解放许岙的战斗，历时14天，歼灭了日寇的田岫三部。

9. 1952年下半年，太平山成立上虞县第二个“农业生产合作社——金松千合作社”。

10. 1958年12月，乡政府组织太平山、陈家岙等村群众修建乌洞水库，于1961年建成。

11. 1966年，太平山通了公路。

12. 1971年，太平山村集资修建村水电站。

13. 1983年，太平山村建成自来水供水系统。

14. 1989年，村里约以14万元的价格把太平山顶石室和棋盘石所在的那片石矿承包给了余姚老板开采，棋盘岩被毁。

15. 2008年5月，由浙江旅游科学研究院、陈溪乡人民政府和上虞市风景旅游管理局共同编制出《上虞市陈溪乡旅游发展总体规划及重点地块控制性详细规划》。

16. 2008年，被废弃几十年的观音堂、土地堂修缮一新。

17. 2009年，在上级政府的支持下，一条通往龙潭坑溪谷风景区的汽车公路建成。

18. 2010年，太平山被评为“上虞市文化体育先进村”。

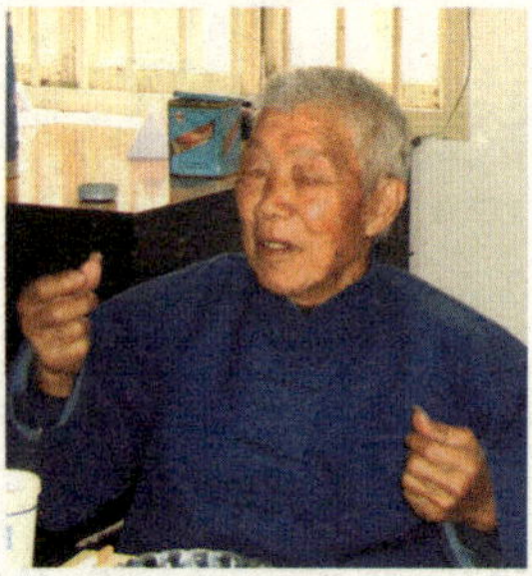

金伯久

王六表

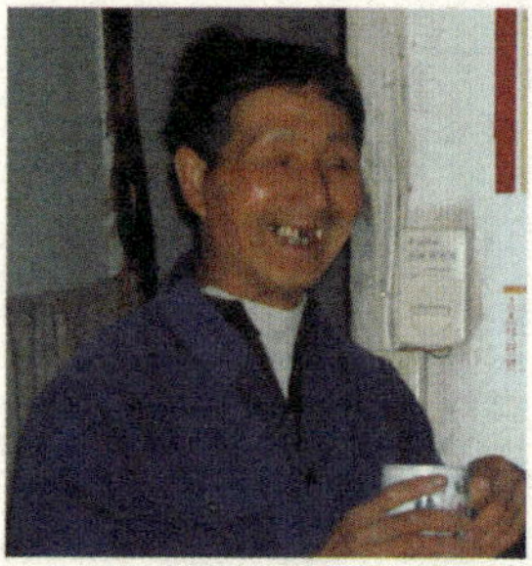

金力根

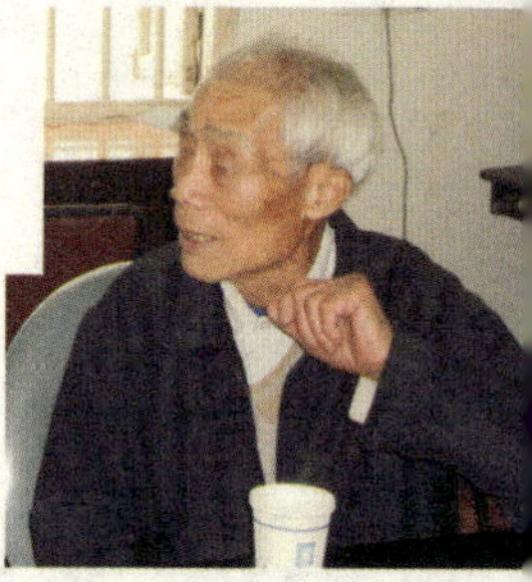

张水苗

金建军

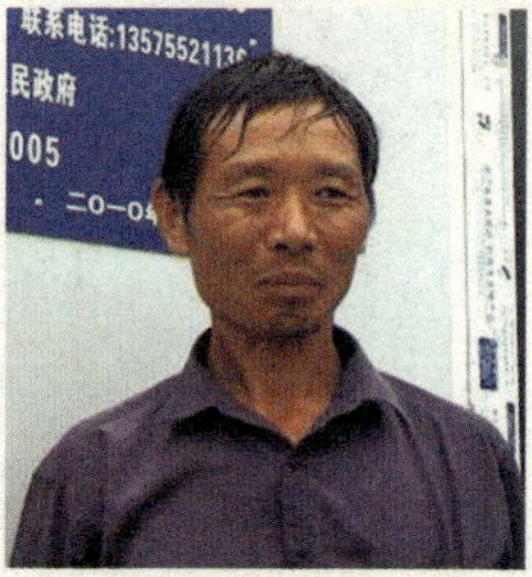

金银表

金传敖

金凤仙

金爱娟

金 汤

金吉弟

金国祥

金理仁

金慎言

张守元

王冠群

赵坤山

徐岳松

徐江松

徐建松

后 记

太平山的故事远没有写完，兴许，寻踪探源太平山将会是一篇需要几代人一起去做的大文章。

带着这么多未解答的问题，面对开发太平山需破解的种种题目，在太平山久远历史、神奇山水面前，我的这本小书显得十分浅薄，也很渺小。但我还是希望她能成为一块引玉的砖头，唤起人们对太平山人文历史和自然资源的兴趣，引来探寻太平山的真知灼见，求得保护和开发太平山的金玉良言；也希望本书能为破解太平山的种种谜团，拨开其神秘面纱提供一些帮助，为解读古村落人文密码，领会山水神韵提供一点参考。希望广大的乡亲同族、乡土知音和山水作家、探险驴友不吝赐

教，共同交流。我的邮箱：jg1752@hotmail.com

在《故乡心语——太平山寻踪探源》一书即将付印之际，我深深地感谢为本书写作提供积极支持的上虞市陈溪乡党委、政府和太平山村两委。在本书写作过程中，《上虞日报》赵南兴总编辑和上虞市达溪流域乡土旅游文化研究会王冠群秘书长给予鼓励、肯定与帮助；我的表哥金慎言老师积极提供资料并提出具体指导意见；我的大学老师、文学专家王照青教授在学术上给予指导和帮助，这些对我提升视野、完善内容起到积极作用。我还要感谢太平山村党支部书记金建军、老革命老党员金伯久、老书记张水苗、舅舅金力根、堂叔金传敖和表弟王寿江等热情的太平山乡亲给予的积极支持与热情帮助。

本书采用的照片由金钢、魏海利、杜又常、王冠群、王寿江、王军摄影。绘画图片由张潇羽绘制，在此表示感谢。